記憶喪失の侯爵様に溺愛されています 5

これは偽りの幸福ですか？

春志乃

ビーズログ文庫

イラスト／一花夜

Contents

人物紹介
リリアーナ
元エイトン伯爵令嬢。
訳あって引きこもり
だったのだが、
ウィリアムと政略結婚し……？
ウィリアム
スプリングフィールド侯爵。
王家直属のヴェリテ騎士団の
第一師団・師団長で、王国の英雄。
リリアーナを溺愛中。

クレアシオン王国の
王太子で、
ヴェリテ騎士団の
第一師団・副師団長。
ウィリアムの親友。

ウィリアムの
乳兄弟であり、
専属執事。エルサの夫。

リリアーナの専属侍女。
幼馴染のフレデリックと
夫婦である。

ウィリアムの弟。

リリアーナの異母弟。
エイトン伯爵家の
跡取り。

フックスベルガー公爵。
現国王の甥で、
アルフォンスの従兄弟。

序章　主寝室の模様替え

「壁紙は落ち着いた色がいいです」

「だが、君が好きなのは、このあたりの色だろう？」

ウィリアム様が、膝の上に広げた壁紙の見本が貼られた分厚いカタログ本のページを指差して首を傾げます。

私──リリアーナは、そこに示されたものを見て首を横に振ります。

「ピンク色は好きですが、寝室向きの色ではありません。二人の寝室ですし、ウィリアム様が疲れて帰って来た時に落ち着ける色合いがいいのです」

私の言葉にウィリアム様は「そ、そうか」と頷き、咳ばらいを一つしました。

ここは、あの初夜の日以外に使われたことのない私とウィリアム様の部屋を繋ぐ主寝室です。

私はほんの一カ月ほど前、ようやく社交界へとデビューを果たしました。

その直前、ウィリアム様と私の母方の祖父母の間には、早世した母・カトリーヌの忘れ形見である私をめぐって、大きなすれ違いが生じていました。

結婚した当初の私たち夫婦に関する悪い噂を聞き、ウィリアム様に宛てた「リリアーナに会いたい」という願いが叶わなかった祖父母が私への心配を募らせるあまりにウィリアム様を目の敵にしていたのです。

更には、今頃になって再び私とウィリアム様の不仲説が流れて、より一層、こじれてしまったのです。しかもその噂を流していたのは、祖父母家に吟遊詩人として潜り込んでいた国際的犯罪組織・黒い蠍の首領と呼ばれる人物でした。

危うくさらわれかけた私ですが、間一髪のところでウィリアム様が助けに来て下さり、最後には祖父母と私たち夫婦は無事に和解を果たすことができました。

あれから祖父母は、よく侯爵家に遊びに来て下さるようになりました。特におじい様は、ウィリアム様と何やら論文のやり取りをするほど仲がいいのですよ。ウィリアム様は文武に通じた優秀な方ですので、なんらかの分野の学問にも造詣が深いに違いありません。

そして、祖父母だけでなく、あの頃、私とウィリアム様もお互いを心配し、意地を張るあまり、想いがすれ違ってしまっていました。ですが、祖父母と和解を果たし、本心を語り合った私たちは以前よりずっと、夫婦らしくなれたように思います。

その時、結婚初夜にのみ使った、あまりいい思い出のない主寝室を、思い切って模様替えしようとウィリアム様が提案して下さいました。私も社交デビューをしたばかりで忙しく、ウィリアム様も騎士様として忙しかったので、それが叶ったのは、こうしてデビューから一カ月が経ち、初夏が本格的な夏へと移る季節になってからでした。

ウィリアム様と二人で話し合い、家具はそのまま使うことにしました。その代わり、シーツや壁紙、カーテンや絨毯などは全く違うものにしようと決めました。

今、この部屋の色合いは上品な紺色の壁紙を主体としていて、全体的にシックな仕上がりです。

「私は、こちらのアイボリー色に金色のアクセントが利いた壁紙が良いと思うのです」

「……このシリーズなら、私は同じアイボリー色に銀色のアクセントが利いた壁紙がいい」

ウィリアム様が隣のページを指差します。どちらの金と銀も壁紙なので、くすんでいて控えめで品があります。

「銀色は、君の瞳の色だ」

「ま、まあ」

あまりに甘い声でウィリアム様が言うので、頬が一気に熱くなって隠すように俯きます。

私の旦那様は、いつも急に心臓に悪いのです。

「カーテンが銀だと落ち着かないが、これならほんの少しの装飾だから特別目立つわけでもない。壁紙は私に譲ってくれ、私の愛しいリィナ」

　ウィリアム様だけが呼ぶ私の愛称と共にちゅっとつむじにキスが落とされます。

　私が懸命に、こくこくと頷くとウィリアム様は満足そうに笑って「ありがとう、リィナ」と、今度は瞼にキスが落とされました。

　そのタイミングでノックが聞こえました。ウィリアム様が答えるとドアが開き、私の優秀な侍女のエルサとアリアナがティーセットのワゴンを押しながら入って来ました。

「あら、セディ、ヒューゴ様」

　二人の後ろから私の弟のセドリックとウィリアム様の弟のヒューゴ様も顔を出します。今日は、二人でお勉強をしていたはずですが、休憩を取りに来たのでしょう。

「そろそろお茶の時間でございます」

　柱時計を見れば、確かにもうお茶の時間になっていました。

　エルサとアリアナが手際良く私たちの前にお茶の仕度をしてくれます。セドリックとヒューゴ様は、いつの間にか用意されていた私たちの向かいの椅子に座りました。

「ふぅ……。エルサ、今日も美味しいです。ありがとうございます」

　私がお礼を言うとエルサが「ふふっ」と笑います。

「奥様、今日の紅茶はアリアナが淹れたのですよ」

「まあ、本当？　アリアナ、とても上手になりましたね。エルサのものかと思いました」

「ありがとうございます、奥様！　たっくさん練習したんです！」

「アリアナ」

どーんと胸を張るアリアナをエルサが窘めますが、私は首を横に振ります。

「いいのですよ、エルサ。ふふっ、その成果がきちんと出ていますもの。それにアリアナの素直なところ、私は好きですよ」

「私も奥様大好きです！」

にこにこっと笑うアリアナは、お日様みたいに温かく可愛らしくて、私も自然と笑顔になります。

「うぐっ、今日も私の奥様が天使のようにお可愛らしい！」

今日もエルサが元気で何よりです。

「ああっ、わたしの、つま……ぐっ、てんし……かわいい……っ」

ふと見れば隣でウィリアム様も何かをぶつぶつ言いながら、いつもの発作を起こしていました。アリアナの紅茶の上達に感動しているのでしょう。ウィリアム様は使用人想いの優しい方ですから。

「ところでリリアーナ」

しばらくして発作が治まったウィリアム様が、徐に口を開きます。

「来月、前に言っていた新婚旅行に行かないか」

「しんこんりょこう」

ウィリアム様の言葉がすぐに理解できずに、なんともしまらない返事になってしまいました。ウィリアム様がくすくすと笑っています。

確かに、私がデビューした舞踏会の時にその話が出ましたが、国の英雄であり師団長という肩書を持つ騎士であるウィリアム様は、いつだって多忙ですので、私は当分先だと思っていたのです。

「私はね気づいたんだ。暇は待つものじゃない、作るものだと」

ウィリアム様は、どこか遠くを見つめながら言いました。ヒューゴ様とセドリックが兄の見つめる先を目で追いますが、何もありません。

「とても嬉しいのですが、あの、大丈夫なのですか？」

私の問いにウィリアム様は、紅茶をひと口飲んで頷きます。

「大丈夫。結婚休暇はきちんと国に認められた制度だからね。上司の私が取らないと、部下たちが取りづらいと団長に言われたんだよ。だから来月の中頃から旅程はゆとりをもって一カ月。ということで、新婚旅行に行こう」

「一カ月もですか？　そんなに長く、大丈夫なのですか？」

「王国の貴族は大体一カ月から二カ月は新婚旅行に出かけるよ」

そうなんですね、と私が納得しているとヒューゴ様が勢いよく口を開きます。

「お兄様、どこに行くの⁉　オレも行きたい！」

「ヒュ、ヒューゴ、新婚旅行だよ？　そんな邪魔しちゃ……」

はいはい、と手を挙げるヒューゴ様をセドリックがあたふたしながら止めています。

「かまわないよ。もともと君たちが行きたいと言えば、連れて行くつもりだった。なあ、リリアーナ」

新婚旅行の話をした際、二人の弟たちも一緒にとウィリアム様は、提案して下さいました。家族旅行もしてみたかったので、楽しみにしていますと答えた記憶があります。

「セドリックは、行きたくないですか？」

「い、行きたいです！　僕も姉様と一緒に行きたいです！」

目をキラキラと輝かせてセドリックが前のめりになります。

「ははっ、素直でよろしい」

ウィリアム様の言葉に弟たちは歓声を上げて、ハイタッチを交わしました。

「義兄様、旅行はどこに行くんですか？」

「港町のソレイユを予定しているよ。町の郊外に小さいけれど侯爵家の別荘があるんだ。二階ならどの部屋からも海が見えるよ」

「「「海！」」」

三人の声が重なります。

セドリックとヒューゴ様の顔が見たこともないくらいに輝いていますが、きっと、今の私も同じくらい輝いているでしょう。

「ヒューゴ、海だって、海！」

「オレ、常々サメに乗ってみたいと思ってたんだ」

弟たちの賑やかな会話に私とウィリアム様は笑い合います。

ですが、はっと我に返ったウィリアム様が「サメは乗り物じゃない、近づいてもいけない」とヒューゴ様に釘を刺しました。ヒューゴ様は、ちょっと活発すぎるところがあるのです。

「海っていったら、お土産は何がいいかなぁ」

「オレ、船の模型とかがいいな！」

「模型か、それもいいな。なあ、リリアーナ。折角の新婚旅行だから、何か記念になるものを買おう」

「まあ、素敵ですね」

思わず声が弾みます。ウィリアム様が「んぐぅ」と発作を起こしかけましたが、なんとか治めて「何がいいかな」と首をひねります。

私も考えてみますが、行ったことのない港町に何があるのか想像もできません。

「姉様、義兄様、あそこの暖炉の上、空いてるでしょう？」

するとセドリックが、暖炉の上を指差します。

そこにはこの間まで大きな絵がかけられていました。ウィリアム様の母・シャーロット様のお気に入りの作品で今は、別邸のお義母様たちの寝室に移動したため、空っぽです。

「あそこは絵があったんですよね、移動する時にシャーロット様が見せてくれました。だから、義兄様たちも絵を描いてもらうのはどうですか？　旅先で一番気に入った景色を絵にしてもらうんです！」

「まあ、それは素敵ですね」

「うん、いいな。部屋も賑やかになるし、いい考えだ。ありがとう、セディ」

ウィリアム様に褒められて、セドリックは照れくさそうに首を竦めました。そんなところもとても可愛いです。

「ただ、リリアーナ」

「はい」

急に真面目な顔でウィリアム様が私を振り返ります。

「まずは第一に君の体が優先だ。ここのところ忙しいのも分かっているが、疲れているだろう？　先日、寝込んだばかりだし」

大きな手が私の頬をそっと包み込みます。

デビューして以降、私はひっきりなしにお茶会や夜会に誘われています。私の体は相変わらずすぐに体調を崩(くず)すので、今は、ウィリアム様やお義母様に相談して、限られた僅(わず)かな数をこなしているだけです。とはいえ、人付き合いはやはり気疲れするもので、先日もほんの少し体調を崩してしまったのです。

　デビューしたばかりの私は、お茶会に一人で出かけたことはまだありません。お義母様か予定が合えば義妹(いもうと)で親友のクリスティーナと共に行っています。お二人は、私にとってとても心強い味方です。

「君が元気でなければ、行く意味はない。だから、何事もほどほどにするように」

「……はい、ウィリアム様。ありがとうございます」

　私の返事にウィリアム様は満足げに頷くと、セドリックに顔を向けます。

「セディ、私はしばらく新婚旅行に行くために忙しくなる。姉様が無茶をしないように、よーく見張っていてくれ」

「分かりました。ちゃんと見張ります！」

　セドリックの生真面目(きまじめ)な返事に私は「過保護ですねぇ」と苦笑(くしょう)を零(こぼ)します。

「さて、そろそろ休憩は終わりだ。家庭教師の先生が待っているだろう？　また頑張(がんば)りなさい」

「はーい」

　素直な返事をして弟たちが部屋を出て行きます。

漏れ聞こえてきた「楽しみだね」「海って本当にしょっぱいのかな」という会話がとても微笑ましいです。

「旅行……」

ぽつりと呟いた私にウィリアム様が「どうかしたか？」と首を傾げます。

「いえ、あの……ふふっ、旅行は初めてなので、まだ実感が湧かないのですが、心がすごくふわふわします」

「ふわふわ？」

「はい。王都を出るのは初めてなので、不安も心配もあるのです。でもそれを超えるくらい、なんだかとっても楽しみな気持ちが、ふつふつと湧き出て来ている感じです」

「なるほど。私も子どもの頃、初めて王都から領地に両親と行くことになった時、本当に嬉しかったし、楽しみだったよ。前日は、なかなか寝付けなくて、結局、馬車の中でずっと眠っていたんだ」

「そうなのですね。私も眠れるかしら、今からドキドキしているのに」

「ははっ大丈夫だよ。馬車の中で寝ても私が隣にいるから」

そう言って、ウィリアム様が私の頬をくすぐるように指で撫でました。

「さて、リリアーナ、私たちも続きをしようか。私たちが新婚旅行に行っている間に部屋を仕上げてもらう予定だから、カーテンと壁紙だけは今日中に決めておかないと」

「はい、ウィリアム様。……あの、でも、旅行はもちろん本当にとっても楽しみですが、ウィリアム様もあまり無理をなさらないで下さいね」

「ありがとう、リリアーナ。私も絶対に君たちと旅行に行きたいから気を付けるよ」

「約束だ」

そう言って笑うウィリアム様の青い瞳が、とても優しくて温かくて、私は胸がきゅんきゅんと苦しくなります。

それを誤魔化(ごまか)すように「カーテン、どうしましょうか」と話題の転換(てんかん)を試みました。

ウィリアム様は可笑(おか)しそうに笑うと、私の下手な話題転換に「そうだなぁ」と付き合って下さるのでした。

第一章　旅行への準備の時間

ここはクレアシオン王国を護るヴェリテ騎士団の、更に言えば王都を守護する第一師団の師団長室だ。

師団長である私――ウィリアムには、三人の事務官がついている。

三席事務官が次から次へと運んで来る書類を、次席事務官が手際よく分類し、私が分類されたそれを順に目を通し、必要があればサインをし、訂正し、承認し、不備があれば突き返し、首席事務官が最終確認をしていく。私の乳兄弟であり専属執事のフレデリックは、それらの業務をさりげなくサポートしてくれている。

終わるのか、などという問いは絶対に発してはいけない。終わるのかと心配するのではない、終わらせるのだ。

他ならない愛するリリアーナとの新婚旅行のために。

彼女と結婚して早いもので三年の月日が経った。私が腑抜けだったせいで、彼女にはもちろん、私たちの周囲の人々にも多大なる迷惑と心配をかけたが、今現在、夫婦仲は良好だ。

あれやこれやを乗り越えて、自他共に認める仲睦まじさを誇る私たちだが、ここ最近はゆっくりと二人で過ごす時間が取れていなかった。

もともと師団長としての肩書を持つ私は、立場上、非常に多忙の身だ。それに加えてリリアーナが一カ月と少し前に社交デビューを果たしたため、夫婦の時間がなかなか合わなくなってしまったのだ。

デビュー後、クレアシオン王国の英雄と呼ばれる私の妻でありながら、これまで表舞台にほとんど姿を見せなかったスプリングフィールド侯爵夫人にお近づきになりたいという貴族たちから、信じられないほどの量の招待状が届いた。

それを家令のアーサーが分類し、必要と判断されたものは私の母であるシャーロットの下に運び込まれた（残りはアーサーが代筆して返事をしても問題のないものだ）。母がリリアーナにあれこれ教えながら、リリアーナが返事を書き、その内のいくつかの茶会や夜会にリリアーナは出席した。私も二度ほど、リリアーナと共に夜会に出席した。

社交期を終えているはずなのに、熱は冷めやらず、誘いは絶えない。

平均的な貴族の夫人が参加する数に比べれば、リリアーナが出席したものの回数は少ない。だが、体の弱いリリアーナにしてみれば、それだって大仕事だ。先日もやはり疲労が祟って、三日ほど臥せっていた。

茶会には絶対に付き添ってくれている母からも『少し休んで傍にいてあげなさい』と再

三言われている。母は完全にリリアーナの味方なのだ。

そこで私は考えた。

舞踏会で提案した新婚旅行に、今こそ行こうと。

王都を離れて、リリアーナには心身共にゆっくりしてもらい、そして、私も愛して止まないリリアーナとゆっくり過ごしたいのだ。

明け透けに言えばイチャイチャしたい。

デビュー後、リリアーナは約束通り、私の母から閨でのことを一通り教わった。

だが、夫婦の夜のあれこれを教わった彼女は、色んなものがいっぱいいっぱいになってしまったのか、初日は帰って来た私の顔を見て気絶した。

二日目以降も気絶こそしなかったが、目は合わなかったし、会話もままならず、夜も彼女は弟のセドリックの部屋に逃げ込んでしまった。純粋培養で育ったリリアーナには、刺激が強すぎたらしい。

結果、私が「(子どもを作る予定の)三年後まで忘れていていい」と言ったら、ようやく落ち着いてくれ、目も合うし、会話もできるし、ベッドにも帰って来てくれた。

正直、そういったことはまだ本当に早いと思う。なにせ、リリアーナの体力は紙切れのように頼りないのだ。子どもを作る行為というのは、どうしても女性側に負担が掛かる。

私も愛する妻とのふれあいで、どうしても我慢できないということだってあるだろう。

それだけ愛している人だ。だが、それで予定外に妊娠して、彼女の命が危うくなったらと考えれば、私も彼女に触れるのが怖かった。

今は、キスまでだ。絶対に服は脱がさないと誓っている。それにキスだって、いくらか大人の階段を上ったのだ。リリアーナ曰く「情熱的なキス」なら彼女も恥ずかしがりながらも受け入れてくれるし、最近は触れるだけのキスは二人きりならリリアーナからしてくれる。控えめで恥ずかしがり屋な彼女にしてみればすごい進歩だ。

だから私は、イチャイチャしたい。

思う存分、旅行先で二人きりでイチャイチャしたいのだ。

ある程度の目途が立ったところで、なんとか一日休みを取ってリリアーナに提案すると、とても喜んでくれた。可愛い弟たちは最初から連れて行くつもりだったので、素直に行きたいと言ってくれて安心している。

今頃、リリアーナは母と一緒に旅行の仕度をしてくれているだろう。

セドリックはともかく、ヒューゴはちゃんとできているだろうか。変なものを鞄に入れていないか、後で確認しなければ。

そして、私は出立までに何が何でも仕事を片付けるのだ。

「フレデリック」

「はい。どうされました？」

私のデスクの書類を整理していたフレデリックが顔を上げる。

「新婚旅行で港町に滞在(たいざい)するだろう？　その際、お前とエルサも休みを取れ」

「はい？」

珍(めずら)しく意味が分からないといった様子でフレデリックが眉(まゆ)を寄せた。

「お前たち夫婦は、私たち夫婦のせいで」

「主に旦那(だんな)様のせいですね。奥様(おくさま)まで巻き込むとエルサに怒(おこ)られますよ」

「……言い間違(まちが)えた。私のせいでここ数年、なかなか一緒にいられなかっただろう？　だから、三日ほどで悪いのだが休みを取って二人で旅行を満喫(まんきつ)してくれ。宿も私が取ろう」

「はぁ、ですが」

「私は自分のことは自分でできるし、リリアーナも大体のことはできる。何よりアリアナが随分(ずいぶん)と成長したからな」

「……かしこまりました。では五日ほど休みを頂きたく」

「さらっと増えてるじゃないか。私はかまわんが……エルサがリリアーナから五日も離れていられるのか？」

私の問いにフレデリックは、目を閉じた。数秒の間を置いて「無理ですね」と頷(うなず)いた。

「エルサは、とにもかくにも奥様第一主義で、そもそも三日も休むことを了承(りょうしょう)してくれるかどうか……」

「それはお前が自分でなんとかしろ」

週に一度の公休日も、夫と休みが被らない限り、リリアーナの傍にいるのがエルサだ。

フレデリックが無責任だとかなんとか言っているが、エルサは主人であるリリアーナの言うことしか聞かないので、私に説得は無理だ。

「ウィル、入るよー」

飄々とした声に顔を上げれば、昨日まで王太子として隣国の視察に出かけていたアルフォンスが護衛のカドックを伴いやって来た。

「おかえり、無事に戻って来られて何より」

「まあね。ねえねえ、それより僕がいない間に、なんだか新婚旅行に行くって決めたらしいね！　しかも港町、ソレイユ！」

にこにこと輝く笑顔は、王子らしく爽やかなはずなのに、どうしてか私の背筋はぞぞっと震えた。

「……そうだが。団長には休暇の申請をして、既に承認済みだ」

却下されるかもと思案しながら騎士団長に申請書を提出すると「上の者が率先して休暇制度を利用しないと下の者が利用しづらい。もっと早く来るべきだった」と逆に叱られた。

「いいなぁ、僕も行きたーい、よし、行っちゃおう！　……っていつもなら言うんだけど、留守にしていた間にあれこれ溜まっているから無理なんだよねぇ」

心底残念そうにアルフォンスが言った。

王太子でありながら、社会勉強の一環で騎士として第一師団の副師団長も務めるアルフォンスは、この国で一番、多忙と言っても過言ではない。

「だから、僕は思いついたんだ！」

嫌な予感しかしない。

「ウィリアムは、侯爵だし、次期騎士団長だし、僕の親友でしょ？」

「こ、光栄なことに」

にこにこにこぉっと笑みを深めて、アルフォンスがカドックからリボンのかけられた分厚い書類の束を受け取り、私に差し出した。

「これ、港町ソレイユで溜まってる僕のお仕事。主に挨拶と視察。お願いね」

語尾にハートがついている気がする。

「……新婚旅行なんだが」

「大丈夫、大丈夫。ちょっとだけ、ちょっとだけだから。視察は一件だけだし、造船所へのものだから、リリィちゃんとセディとヒューゴで社会見学のつもりで行っていいよ！」

「人の妻をリリィちゃんと呼ぶなと何度言えば分かるんだ！」

「あ、そうそう。同盟国から取り寄せた僕宛ての荷物があるんだけど、それも受け取ってきてね。そんな仰々しいものじゃないから、大丈夫！　詳細は全部、これにまとめてあるから。向こうへも僕の名代で、君が行くことはちゃーんと伝えておくからね。それとあちらの第五師団にもきっちり挨拶して、気合を入れ直してきてね」

手を取られ、当たり前のようにリボン掛けの書類が渡される。

断りたい。他ならぬ新婚旅行だ。仕事などしたくない。

だが、アルフォンスがどれだけ多忙かも知っている。この三週間ほど出かけていた視察でも詰め込めるだけ予定を詰め込んでいたはずだ。それでも尚、休む間もなく目の前にいる。

「…………分かった」

断腸の思いで、アルフォンスからのありがたくないプレゼントを受け取った。

「ありがとー！　流石は僕の認める親友だ！　よーし、ちょっと休憩しよう。フレデリック、お茶をお願い」

「かしこまりました」

どんどん話を進めるアルフォンスに私は、ため息を零しながら応接セットのソファへと移動するのだった。

「そういえば、リリィちゃん、また寝込んだんだって？」

「三日ほどな。今はもう元気だ」

一通りの隣国への視察結果の報告を終えるとアルフォンスが尋ねてくる。

「……モーガンの見立てでは、疲れが出たのだろうと。デビューしてからあっちへこっちへと忙しかったからな」

「君はいまだに大人気だからねぇ。愛人の座を狙っていたり、そもそもリリィちゃんを認めていなかったりで、陰であれこれ言われているんだろう？　疲れちゃうよねぇ」

アルフォンスが、やれやれと言った様子で肩を竦めた。

私もリリアーナに向けられる嫉妬や陰口を知らないわけではない。だが、それが向けられるのは私が同伴しない茶会の場だ。共に出席する夜会では、これでもかとイチャイチャして牽制しているが、茶会ではそうもいかない。

母から報告は受けているが、女の世界に下手に男が口を挟むとややこしいことになるのだ。母も、何かしろとは絶対に言わない。

「まあ、仕事を押しつけちゃった僕が言うのもなんだけど、リリィちゃんは少し、ゆっくり休めるといいね」

「当たり前だ。そのための旅行なんだからな」

「旅行は計画が大事だよ？　何かこれと決めていることはあるの？」

「絵を頼もうかと思っているんだ。ソレイユは、景観が素晴らしいだろう？　私とリリアーナが気に入った場所を絵にしてもらい、旅行の記念に部屋に飾ろうと話している。セドリックの提案なんだがな」

「記念の絵か、いいね。画家は決まっているの？」

「いや。うちは専属がいないからな……」

「じゃあ、僕がお礼にいい画家を紹介してあげるよ！」

アルフォンスがそう言って立ち上がる。

「まだ若い画家だけど、いい絵を描くんだ。話を通しておくから、訪ねてみて、気に入ったら頼むといいよ」

「それは助かる。アルの審美眼は確かだからな、楽しみだ」

「ふふっ、任せてよ。じゃあ今日は一日、僕は執務室にこもってるから！　じゃあね！」

言うが早いかアルフォンスは、カドックを連れて去って行く。

私も立ち上がり、ぐーっと伸びをする。パキパキと背中が鳴った。

「さあ、私も頑張らねば。フレデリック、この書類は別にしておいてくれ。屋敷で確認する。今日は早めに帰って、リリアーナにこれの説明もしなければな」

アルフォンスに渡されたリボン掛けの書類をフレデリックに渡して、自分のデスクへと戻る。目の前に連なる書類の山々に私は、気合を入れ直したのだった。

そろそろベッドに入ろうと読んでいた本を閉じたところで、寝室のドアが開きました。エルサもアリアナも既に本日の仕事を終えて下がった時間です。セドリックが怖い夢でも見てやって来たのかしらと振り返ると、そこにいたのはウィリアム様でした。

「……まだ起きていたのか？」

既に湯浴みを済ませて来たらしいウィリアム様は、私が起きていたことに驚いている様子でした。

「はい。これが面白くて」

私が掲げて見せた本にウィリアム様は首を傾げながら、こちらにやって来ます。

「……『ロドリゲス・バッカスの冒険』？　君にしては珍しいものを読んでいるね」

「ふふっ、セドリックとヒューゴ様のおすすめなのですよ。最近、人気の話題作なのだそうです」

「へぇ、面白そうだな。私も子どもの頃は、こういった本をよく読んだよ」

そう言って私から本を受け取ったウィリアム様がぱらぱらとページをめくりながら隣に座ります。

「読んでみますか？　あ、その前に……おかえりなさいませ、ウィリアム様」

彼の肩に手を置いて、頬にキスをします。

ウィリアム様は、嬉しそうに目を細めると「ただいま」と私の頬にキスを返して下さいました。

「今夜は遅くなってしまったから、もう君は寝ているかと思った。起きている君に会えて嬉しいよ」

「私もです」

私が返事をするとウィリアム様は、嬉しそうに目を細めました。ですが、何故かすぐに青い瞳が落ち着きなく、泳ぎ出します。

「実は君に……伝えなければならないことがあってだな」

「私に伝えたいこと、ですか？」

「ああ。新婚旅行のことなんだが……」

ウィリアム様は歯切れ悪く言葉を紡ぎます。

「もしや、お仕事の都合がつかなくて新婚旅行に行けないのですか？」

思わず眉が勝手に下がってしまいます。

「いや違う！　新婚旅行は何があっても行く！　そうではなくて、その……アルフォンスに仕事を押し付け、ごほん、任されてな」

私の脳裏ににこにこと笑う王太子殿下の姿が浮かびます。

「ああ。断りたかったんだが、あいつが忙しいのは私も知っているし、簡単な挨拶回りと造船所の視察だ。挨拶は夜にちょこっと行ってくるだけだし、造船所の視察は、君と弟たちも一緒でいいと言ってくれている」

「ええと、つまり新婚旅行には行けるのですね？」

「ああ。もちろん」

私の問いにウィリアム様は力強く頷きました。

「それなら、良かったです。私もですが、セディとヒューゴ様がとても楽しみにしているので、安心しました」

私がほっと胸を撫で下ろして笑みを零すと、ウィリアム様がぱちぱちと瞬きを繰り返します。

「怒らないのか？」

その問いかけに、私は首を傾げます。

「どうしてですか？」

「だって、新婚旅行中に仕事を入れるなんて普通だったら怒られて当然だ」

しょぼんと子犬のように私を見つめるウィリアム様に、私は思わずふふっと笑みを零して、ウィリアム様の膝の上にあった手に自分の手を重ねます。

「王太子殿下にお仕事を任されるなんて、とても誇らしいことですもの。それに、旅行中ずっとじゃないのでしょう？」

ウィリアム様が頷きました。

「だから、怒るなんてことはしません。それに私は、怒るというのがどうも苦手で……怒るって難しいのですよ」

眉を下げた私にウィリアム様が、ぽかんとしています。

でも本当に怒るというのは難しいですし、体力を使うので、体力のない私にはあまり向いていない感情だなとしみじみ思うのです。

「それに造船所の視察だなんて、きっとセドリックもヒューゴ様も喜びますよ。海も船も初めてなので、私も楽しみです。あ、造船所の視察の件は、あの子たちに話してもかまいませんか？」

「かまわないよ」

「良かった。ありがとうございます、ウィリアム様」

ふふっと笑った私に、今度はウィリアム様が眉を下げて、でも安心を滲ませた顔で小さく笑みを零しました。

「君には敵わないなぁ……何か、我が儘を言ってくれてもいいんだぞ？」

「我が儘と言われましても……」

戸惑う私にウィリアム様が期待に満ちた眼差しを向けて来ます。

私を溺愛して下さる旦那様は、いつも私を甘やかすことに一生懸命な優しい方なのです。

でも、何か『我が儘』を言わないと就寝時間が更に遅くなりそうです。ウィリアム様は、きっと明日も一日お仕事なのでしょうから、早く休んでいただきたいのです。

ですから、まずはベッドに移動しなければいけません。

「ええと、では……」

私はウィリアム様に向かって両手を伸ばします。

「べ、ベッドまで、抱っこして……ほしい、です」

だんだん恥ずかしくなってきて、言葉が尻すぼみになってしまいました。セドリックだってこんな子どもみたいなことは言いませんのに。

ウィリアム様はと言えば、私を見つめたまま固まっています。

「ウ、ウィリアム様？　あの、やっぱり、その、お疲れのウィリアム様に私ったらなんてことを……きゃっ」

おろおろし始めた私をウィリアム様がいきなり抱き上げます。

「三日徹夜していたって、君を抱き上げるくらいはいくらでもできるとも！　ううっ、私

の妻が今夜もかわいい……っ」

　後半は何を言っているかよく分かりませんが、ウィリアム様によって私はベッドの上に運ばれ、あっという間に灯りも消されて、ウィリアム様が隣に寝ころびます。

「できればキスをしてもいいかい？　君が言うには、情熱的なやつを」

　私を抱き寄せたウィリアム様がこつんと額をくっつけて、尋ねてきます。

「き、聞かないで下さいませ……っ」

　はい、なんて恥ずかしくて言えるわけがありません。

　ですが、ウィリアム様は私の返事を「はい」と捉えたようで、私は呼吸の仕方が分からなくなるくらいに情熱的なキスに翻弄されて、気が付くと朝を迎えていたのでした。

「海、いいわねぇ」

　お義母様が頰に手を当て、うっとりと呟きます。

　お義母様は、現在、ウィリアム様の衣装部屋で旅行の仕度を手伝って下さっています。ウィリアム様は、新婚旅行のために予定を調整しているので、とても忙しく、最近は朝早く夜も遅いので、代わりに私がウィリアム様の分の仕度をすることになったのです。

　とはいえ、旅行は未経験ですので、こうしてお義母様の手を借りています。私の分の仕度は、おおむね終わっています。エルサとアリアナは、とっても優秀なのです。

「お義母様は、海に行かれたことがありますか？」

「ええ。何度か。海はとっても広いから、見たらきっと感動するわ」

「本当に果てがないのですか？」

その問いにお義母様は、私の頬をくすぐるように撫でます。

「ふふっ、わたくしの可愛い娘。それは見てからのお楽しみよ」

母親という存在から無償で与えられるその愛情が、まだ少し慣れなくて、けれど、途方もない温かな安心がいつも私の心に注がれるのです。

お義母様は、未熟な私をいつも優しく温かく見守っていて下さって、ウィリアム様が参加することのないお茶会では、お義母様に頼りっぱなしです。

本当は大好きなお義母様とも旅行に行きたかったのですが、主寝室の模様替えの件もあり侯爵家を留守にするのはよくないとのことで、今回はお義母様とお義父様は、王都でお留守番なのです。

「お義母様にもお土産、たくさん買ってきますね」

「ありがとう、楽しみにしているわ。さあ、仕度をしないと」

お義母様に促されて、止まっていた手を動かします。

「あの子の立場上、向こうに行ったらあちらの騎士団に顔を出すでしょうから、予備の騎士服も入れておいたほうがいいわ」

お義母様の言葉にアリアナが騎士服を手に取ります。

「はい、お義母様。……あの、実はウィリアム様が王太子殿下からいくつかお仕事を任されたそうなのです。その時は、どれを着て行けば……」

「まあ、王太子殿下が？　新婚旅行なのに？　仕事？」

お義母様が驚いたように顔を上げます。

「アルフォンス殿下は、お忙しい方ですからウィリアム様も断れなかったみたいで」

「あの子ったら、新婚旅行だっていうのに！　旅行先でも仕事仕事！　怒っていいのよ、リリアーナ。わたくしの夫もそうでしたけれど、本当に無粋なんだから！」

腰に手を当て、お義母様が眉を寄せます。

「で、ですが、ほとんどウィリアム様のみの挨拶だけで、一件だけ造船所の視察があって、それには私も一緒に行っていいそうです」

お義母様は、ふうっと息を吐くと「いらっしゃい」と私の手を取り、衣装部屋を後にします。

お義母様に手を引かれたままウィリアム様のお部屋のソファに連れて行かれ、座るように促されました。私が座るとお義母様も隣に腰を下ろします。

私の手を握ったまま、お義母様が私の顔をじっと見つめて口を開きます。

「わたくしはね、リリアーナ。王都を離れて、少し貴女にゆっくりしてほしいの」

心配そうに下げられた眉に、私は、瞬きを一つ返します。

「ウィリアムがいない茶会では、口さがない方々がいるでしょう？　体はもちろんだけれど、心が疲れているんじゃなくて？」

「……お義母様」

お義母様の手が私の頰を包み込みます。

温かくて優しい手に、少しだけ心の枷が緩みます。

「……ウィリアム様の元婚約者・ロクサリーヌ様のことを引き合いに出されることがほとんどなのです。ただ、真実を知る私には、それらはなんともない言葉ですし、継母や姉に向けられていた悪意に比べれば、そう怖いものではありません。それに、私に優しくして下さる方も、心から祝福を贈ってくれた方もいますし、でも……」

「でも？」

「実家であるオールウィン伯爵家のことを引き合いに出されると……」

私は、お義母様の緑色の眼差しから逃げるように目を伏せました。

終わりの舞踏会でデビューした私は、あれからいくつかの茶会と二度ほど夜会に出席しました。夜会は、ウィリアム様とお義母様、お義父様と共に出席したので、表立って何かを言われることはありませんでした。

ですが、お義母様やクリスティーナ様と出席するお茶会では、二人の目を盗んで私に陰口を言ってくる人が何人かいたのです。

ウィリアム様は、とっても素敵な方なので、ほとんどが嫉妬を根源としたものでした。元婚約者で病死した――ということになっていますが実際は不貞行為の結果、婚約破棄になった――ロクサリーヌ様を引き合いに出して、彼女のほうが愛されているとか、貴女は所詮お飾りの妻と様々なことを言われますが、ウィリアム様からの抱えきれないほどの愛を信じている私には、響きません。

ですが、私の実家であるオールウィン伯爵家のことを引き合いに出されると、胸が詰まるのです。

「継母や姉と同様、本当は男好きなんだろうとか。家を傾かせるのでは、とか……」

「リリアーナ、そんな失礼極まりない最低なことをおっしゃったのは、どこのどなた？」

にっこりと笑ったお義母様に、思わず頬が引きつってしまいます。気のせいでなければ、お義母様の向こうでエルサが、同じようににっこりと笑っています。可哀想に、アリアナが隣で怯えています。私も怖いです。

「え、えーと……ど、どなただったでしょうか」

私は、お義母様の手によって顔が固定されているので、そろーっと目を逸らしながら、なんとか返事を誤魔化します。

「リリアーナ、次に万が一にもそんな無礼な方がいたら、是非、わたくしにも紹介してちようだい。その厚顔無恥なお顔をじっくり拝見したいの」

「は、はい、お義母様」

なんとか納得していただけたのか、お義母様の手が離れていきます。解放された私は、ほっと息を吐き出しました。

「全く、わたくしの可愛い娘になんということを言うのかしら」

「いえ、私は別にいいのです。ただ、私の実家のせいでスプリングフィールド侯爵家を馬鹿にされてしまうのが心苦しくて……。でも何よりこれから成長して、社交界に出て行くセドリックを想うと、胸が痛むのです」

私のたった一人の愛する弟のセドリックは、ウィリアム様と同じくらい私にとっては大切な子です。

ウィリアム様がセドリックの後見人になって下さったおかげで、今はこうして私の嫁ぎ先である侯爵家で共に暮らすことができています。

ここへ来たばかりの頃のセドリックは両親から受けた仕打ちに心が深く傷ついていて、四六時中私の傍におり、特に夜は離れるのを恐れていました。

悪夢を見ては魘されて、私とウィリアム様が抱き締めて、慰めて、それでもすすり泣いて泣き疲れて、ようやく眠っていました。

それが今は、私と気兼ねなく会えることや、父のようにも慕うウィリアム様の愛情や、温かく見守っていてくれる使用人の皆さんの優しさによって、一人で眠ることができるようになり、表情も明るく、性格も随分と活発になりました。

親友だと公言するウィリアム様の弟であるヒューゴ様とは本当に仲が良く、毎日一緒に遊んだり、勉強をしたりと、とても楽しそうに生き生きと日々を過ごしています。

「……私の悪口はかまわないのです。もちろん嫌な気持ちにはなりますし、申し訳ない気持ちにもなります。ですが、私にとってセドリック以上に大切なものはありません……エイトン伯爵家の評判は最悪で、それをあの子は将来、背負わなければならないのです。いつか、あの子が似たようなことを言われるのでは、と心配なのです。やっと、陰りなく笑ってくれるようになったのに……」

「わたくしも、母であるから、貴女の気持ちは分かるわ、リリアーナ」

俯いた拍子に零れた私の髪をお義母様の細い指が、耳に掛けてくれます。

「愛しているからこそ、心配よね。でも、子どもは親が思うよりもずっと早く、成長していることもあるのよ。旅行中のほうが時間もあると思うし、少し話をしてみるといいわ」

「……はい」

「わたくしもヒューゴが心配なの。あの子、この間、図鑑を開いて夫になんて聞いたと思う？　『お父様、お兄様はダメだって言っていたのですが、サメに乗りたいです』って」

そういえば、旅行の話題を出した時、そんなことを言っていました。

「あの子、三歳の時に絵本の影響で、クマに乗りたいってそれはそれは盛大に駄々をこねたのよ。もう十歳なのに、言っていることが全く成長していないの」

お義母様が遠い目をしています。

「……考えるのはここまでにしましょう。エルサ、お茶の用意をお願い」

エルサが「はい、大奥様」と頷いて、アリアナと共に一度、部屋を出て行きます。

「そういえば、リリアーナ。新婚旅行に指輪は間に合いそう？」

お義母様が私の何もない左手の薬指に視線を落として首を傾げます。

デビュー直前に大急ぎで作られた結婚指輪は、今、婚約指輪と共に職人さんの下にあります。ちなみに婚約指輪も同じ職人さんの作品だとウィリアム様が教えてくれました。

とにかくデビューまでに時間がなく、指輪は試着もできていなかったので、先日、職人さんが様子を確かめに来て下さったのです。

その際、結婚指輪と婚約指輪を重ね付けできるデザイン案があったのだと職人さんがとても素敵なアイデアを提案して下さいました。時間がなくて断念したそうですが、もしよろしければいかがですか、と。

結婚指輪の確認ですから、その場には、ウィリアム様もいたのですが、その提案にやけに乗り気で、私もその素敵な提案が嬉しくて、是非にと二つの指輪を職人さんに託したのです。

「フレデリックさんが確かめて下さったところ、ぎりぎり旅行には間に合うようです」

「そうなの、良かったわ。新婚旅行だもの、お揃(そろ)いの結婚指輪はしていきたいわよね」

「……はい」

照れくさくて、返事が小さくなってしまいました。お義母様は「いいわねぇ、新婚ねぇ」と笑います。

「お義母様、お義母様の新婚旅行のお話も聞かせて下さいませんか？」

「あら、いくらでもいいわよ。わたくしたちは、侯爵家の領地へ行ったのよ」

そう言ってお義母様が話してくれる新婚旅行のお話を聞きながら、私たちは束(つか)の間(ま)の休息を楽しんだのでした。


それから毎日、お義母様に教えていただきながら、旅行の仕度をしました。

出発の前日は、なんだか忘れ物があるような気がして心配になってそわそわしてしまいましたが、お義母様が「なければ現地調達で大丈夫よ」と教えて下さいました。

ウィリアム様は、アルフォンス様から仕事を任されたのだというお話をしたあの日以降、旅行まで一度も帰って来られないままでした。

お仕事を納められたのは、なんと出発当日の早朝でしたが、私たちはお義母様とお義父様、お屋敷の皆さんに見送られて、港町ソレイユへと旅立ったのでした。

第二章 異国のような港町

「……美しいですね……！」

「すごーい、姉様、キラキラしてるよ！」

「広い！　でかい！　青い！」

バルコニーへ出た私に続き、セドリックとヒューゴ様も歓声を上げます。

「落ちないように気を付けてな」

私たちの後ろをゆったりと追いかけてきたウィリアム様が弟たちに声を掛け、私の腰を抱くようにして隣に立ちました。

王都から一週間ほどかけてやって来たのは、クレアシオン王国の貿易の要所である港町・ソレイユです。

馬車での移動は四日間、間の三日間は途中にある温泉街でゆったりと過ごして体調を整え、こうして元気にソレイユにやって来ました。

ソレイユは、いくつもの丘が連なる海岸線に、その丘を削って町が切り開かれました。特徴的な白い壁に青い屋根の家々が階段状に並んでいます。

スプリングフィールド侯爵家の別荘は、町の中心部から離れた郊外にあります。こちらも丘の上にあるので、ウィリアム様の言っていた通り二階へ上がると、どの部屋からでも遠く海が見えました。

初めて見る海は、お義母様の言っていた通り、広大で、太陽の光を反射して水面がキラキラと光っています。

「……本当に果てがないのですね」

どこまでも、いっそ、世界の果てまでも続いているのではと錯覚してしまうほど水平線はなだらかで、遠いものでした。

普段暮らしている王都は、建物がたくさんあって必ず何かが視界を遮っているのに、ここでは海と空がどこまでも続いているのです。

「義兄様、この先には本当に別の大陸があるのですか？」

セドリックがウィリアム様に尋ねます。

「ああ。船で一カ月ほど行けばね」

「ウィリアム様は、行かれたことはあるのですか？」

「私はないよ。船で少しばかり移動したことはあるが、そこまで遠くには行っていないなあ。王国の周辺ならあちこち行ったが。そうだ、老後、二人で行ってみようか」

「ふふっ、気が早いですねぇ。でも、楽しみにしていますね」

ウィリアム様を見上げて私が微笑むと、ウィリアム様も「約束だ」と笑って下さいました。こうして遠い未来の約束を重ねることは、とてもささやかなことですが、幸せです。

「さて、お茶でも飲んで一服してから、町へ出かけるか？　私たちが出かけていたほうが、使用人たちの荷ほどきも捗るだろうからな」

「行くー！」

ヒューゴ様が元気よく返事をします。

「姉様、楽しみだね」

「ええ。迷子にならないように気を付けるのですよ」

「もう、僕そんなに小さな子どもじゃないよ！」

むぅと頬を膨らませるセドリックに、私は、ついつい笑みを零してしまいます。

「あなたが私にとって、とても大事だからいつまでも心配してしまうのですよ」

膨らんだ頬をつつくとセドリックは「僕だって姉様が大事だよ」と私の手を取りました。

「だから僕が談話室までエスコートしてあげる」

「じゃあ、オレがお兄様をエスコートしてあげますね！」

「あ、コラ！　ヒューゴ！」

言うが早いかヒューゴ様がウィリアム様の手を取り走り出しました。部屋の中にいたエルサが「ヒューゴ様！」と叱りますが、ヒューゴ様の耳には届かなかったようです。

「姉様、僕は走らないから安心してね」

「ありがとうございます、セディ。私たちも行きましょう」

「はーい」

弟に手を引かれて、私たちも部屋を後にします。

エルサとアリアナ、フレデリックさんという私たち専属の使用人の皆さんが一緒に来ているので、別荘はなかなか賑やかです。それに私の主治医のモーガン先生も一緒に来て下さっているので、何があっても安心です。

「王都と全然違うから、お店でも何が売ってるのか楽しみだね」

「ええ。でもお土産は終わり頃に買いましょうね。それまでたくさん色々なものを見ましょう」

「うん！　僕ね、珍しい植物の苗や種が欲しいんだ。港があるから、色々な国のものが入って来るでしょう？　だからあるといいな」

「そうですねぇ。私には分かりませんがウィリアム様なら、そういうものを取り扱っているお店も知っているでしょうから、探してみましょうね」

まだ現地に着いたばかりですが、心がふわふわして何もかもが楽しく思えます。

私は、セドリックとお土産について話をしながら談話室へと向かうのでした。

王都とは異なる白と青の街並み。

潮風の匂いは独特で、国内にいるはずなのにまるで異国の地に来たような錯覚に陥ってしまいそうです。

潮の影響を受けやすい土地柄、植わっている植物も塩害に強いものだそうで、これもまた王都とは違う雰囲気を醸す理由の一つなのでしょう。

「まあ、賑やかですね」

馬車のドアが開くと、大通り特有の賑やかさが鮮明になります。

弟たちが先に降りて、次にウィリアム様、そしてウィリアム様の手をお借りして、私が最後に馬車を降ります。

「久々に来たけど、やっぱり賑やかだなぁ」

「私は任務で来たことがあるだけなので、大通りは初めてです」

振り返れば、後続の馬車からエルサたちと共にマリオ様とジュリア様もやって来ます。

マリオ様はマリエッタ様の名でドレスのデザイナーもされているウィリアム様のお友だちです。怪我で騎士様のお仕事は引退されたそうですが、今回は、極々プライベートな新婚旅行で気の置けない友人のほうがいいということで、特別に護衛の仕事を引き受けて下さいました。

ジュリア様は、いつも私の護衛を担当して下さる女性の近衛騎士様です。背が高くて、とても美人で素敵な方です。

「ジュリア様、とても素敵なお召し物ですね」

私は思わず声に出していました。

「ふふっ、ありがとうございます、奥様」

騎士服やメイド服は目立つので、今日は皆、私服なのです。

ジュリア様は私たちのようなワンピースではなく、男性のように、夏用の薄めの素材で作られたズボンにシャツ、ジャケットを身に着けているのですが、すらりとしたスタイルにとてもよく似合っています。

「奥様、お帽子を。日差しが強いですから」

「ありがとうございます、エルサ」

エルサが私に帽子をかぶせて、顎の下でリボンを結んでくれます。日傘を受け取り開くと、フレデリックさんから同じく帽子を受け取ったウィリアム様が私の腰に腕を回しました。帽子姿のウィリアム様も素敵です。

「マリオ、弟たちを頼むぞ。ヒューゴ、セディ、マリオと一緒なら好きなところへ行っていいからな。ただし、危ないことは絶対にしないように。今日は到着したばかりで疲れもあるから、見るだけ見たら別荘へ帰るぞ」

「はーい！　義兄様、姉様をよろしくお願いします」

「マリオ！　こっちこっち！」

ヒューゴ様がマリオ様の手を取り、もう片方の手でセドリックの手も引いて勢いよく歩き出します。

「セドリック様は、本当にしっかりしておられますね」

ジュリア様が感心したように言ってくれました。

「ええ。いつも私を気にかけてくれる優しい子です」

「ヒューゴにも見習ってほしいよ」

ウィリアム様が苦笑交じりに零します。

「ヒューゴ様の明るく溌剌としたところは、いつも周りを笑顔にして下さいますよ」

「だがなぁ、落ち着きがないんだよ……そして、どうもまだサメを諦めていない」

「…………お、お元気なのはいいことです」

「まあいい。あれは私の弟で息子ではない。ヒューゴの教育については父上と母上の領分だからな。私たちは、新婚旅行を楽しもう」

「はい、ウィリアム様」

ウィリアム様とこんなに長い日程でゆっくり過ごせるのは、変な話ですがウィリアム様の記憶喪失事件以来です。

「フレデリック、エルサ、アリアナ、ジュリア。つかず離れず好きにしてくれ」

ウィリアム様の言葉に四人がそれぞれ返事をしたのを見届けて、私もウィリアム様と共に歩き出します。

観光客向けの店が並ぶ大通りは、異国の国旗が軒先に揺れるお店が多くあります。

「この港町ソレイユは王家の直轄領だから、王家から許しを得た同盟国の商会が特産品や民芸品なんかの店を出しているんだよ」

「そうなのですね。まあ、ウィリアム様、見て下さいませ、素敵なシルクのストールです」

ふと、目に入ったのは小さな店構えのお店のショーウィンドウでした。

「本当だ。ここは……ヴェルチュ王国の店だな。とても小さな国で絹糸や綿花の生産が主要産業なんだよ。君の気に入るものがあるかもしれない、見て行こう」

「よろしいのですか？　ありがとうございます」

日傘を畳んで腕にかけ、ウィリアム様と一緒にお店に入ります。

店内にはたくさんのシルクの布が飾られていますが、手袋やスカーフに加工されたものや絹糸の見本なども置かれています。他にお客さんはおらず、店内はとても静かです。

私は、フロアに置かれた丸テーブルの前で足を止めます。そこには、シルクの女性用手袋が並んでいました。

店内に私たちと店主と思しき男性しかいないのを確認してウィリアム様を見上げます。

「ウィリアム様、エルサとアリアナにこのシルクの手袋を買ってもよろしいですか？」

「手袋を？」

「はい。前にマリエッタ様から、寝る時にシルクの手袋をはめると手荒れにいいと教わったのです。私は働き者の証である二人の手ですから気にならなかったのですが、私に触れる時、冬などは特に手が荒れているのをとても気にしているようで……。半年も先の話ですが、これがあれば今年の冬は彼女たちの一助になると思うのです」

もちろん二人とも日々の手入れはしているようでしたが、冬だけはどうしても乾燥して荒れてしまうのだと言っていました。

「なるほど。もちろんいいよ。エルサとアリアナには本当に世話になっているから、いっそ、屋敷の女性たちに買っていこうか。二人の分は包んでもらって、残りは注文して行こう。流石に何十人分の在庫はないだろうからね」

「きっと皆さん、喜びます。でしたら男性陣には何にしましょうか」

「そうだなぁ、何がいいだろう。でもまだ初日だ。手袋は買うとしても、他のお店も見てみないと損な気がしてきた」

「言われてみると確かにそうですね」

「まあ、私は本当に家の者たちには世話になっているし、戦争やら婚約破棄やらで十年近く何もしてやれていなかった。だから土産はいくつあってもいいな。そもそもジャマルに至っては、あれこれ買って来いと目録を押しつけられた。あのじいさんは、主人をなんだと思っているのだろうか」

「ふふふっ、ジャマルおじいさんは、我が家の最年長ですから誰も逆らえませんよ」

庭師として現役は引退しているものの、知識が豊富なジャマルおじいさんには、セドリックもとても懐いていて、しょっちゅう後をついて回って、色々と教わっているようです。

「リリアーナも何か買うかい？　今回の旅行中は遠慮はなしだぞ。好きなものを好きなだけ、君に買うのを私は楽しみにしているんだからな」

「そ、そう言われましても……そんな急には」

「君も手袋はどうだ？」

「私はエルサが入念に手入れをしてくれますから、荒れませんよ」

私が両手をウィリアム様に差し出すと大きな手が私の手を掬い上げます。本当に大きさが全く違うのを実感して、なんだか不思議です。

「……やっぱり、緩いな」

ウィリアム様が私の左手の薬指の二つの指輪に触れました。指でつまむと、くるくるっと抵抗なく回ってしまいますし、簡単に抜けてしまいます。

「ウィリアム様、私はもう既に我が儘を言っております。どうしても新婚旅行では指輪をつけていたくて、我が儘を言いましたもの」

「こんなのは我が儘の内に入らないから、却下だ」

ウィリアム様が、拗ねたように唇を尖らせます。

フレデリックさんが職人さんに確認して下さった通り、結婚指輪と婚約指輪は旅行に出発する二日前に私の下に戻って来ました。

素敵なデザイン案に心惹かれて職人さんに託したわけですが、同時に、サイズの最終確認も行い、もう少しだけ緩くしましょうということになったのです。

ですが、実際に届いた品をはめてみると、想定より大分緩くなってしまっていたのです。届けに来て下さった職人さんは、真っ青になり、こちらが何かを言う前に「申し訳ありません！」と土下座をされてしまいました。

あの日、指の太さを改めて測った時に指がむくんでいたのかもしれませんし、間違いはいつだって誰にでもあるものです。

指輪自体は傷一つなく、職人さんが提案して下さった素敵なデザインの出来も素晴らしいものでした。

婚約指輪は、立体的な薔薇が美しい指輪です。結婚指輪も薔薇のモチーフが使われていて、こちらは薔薇の花が指輪の表面に彫られています。

新しいデザインが加えられたのは、この結婚指輪です。指輪を指にはめて、百八十度くるりと回すとそこに新たに彫られた茎と葉っぱが現れるのです。

ですので、婚約指輪と結婚指輪を重ね付けすると、私の左手の薬指に一輪の薔薇が咲くという可憐なデザインなのです。

それに緩いと言っても、例えば指を真っ直ぐ伸ばして開き、体の横で行進するように勢いよく振って歩かない限りは、勝手には抜けないはずです。

ですので、私は「もう一度直します」と言う職人さんや心配するエルサたちに我が儘を言って、とりあえず新婚旅行には身に着けていきたいとお願いしたのです。

「細い指だなあ、ちゃんと骨があるのが不思議だ」

「もう、くすぐったいです」

ウィリアム様の手から逃げるように手をひっこめます。ウィリアム様は「ごめんごめん」と笑うと私の手を取り、自分の腕に誘導しました。

「まあ、他にも色々なお店を覗いてみよう。とりあえず、手袋を買ってからな」

「ありがとうございます、ウィリアム様」

「お礼は頬にキスでもいいんだよ、私の愛しいリィナ」

「もう！　お外で変なことを言わないで下さいませ！」

頬を膨らませて怒る私に、ウィリアム様はカラカラと笑って「すまないが、注文をしたい」と店主と思しき男性に声を掛けるのでした。

いきなり手袋を何十組と頼んだものですから、店主さんは目を白黒させていました。自国に注文を送り、それから生産となるので時間はかかってしまいますが、冬までにはなんとかお届けできるようにしますと約束して下さいました。

エルサとアリアナの分は、特別に刺繍を入れたいので、ウィリアム様の師団長室に送っていただくことにしました。届いたらウィリアム様に持って帰って来てもらい、内緒で刺繍を入れるのです。

ウィリアム様と並んで、大通りを歩いて行きます。大勢の人が行き交う通りは、私たちと同じで観光客が多いように感じました。

「ところでリリアーナ。視察なんだが、明日でもいいだろうか？　そもそも急に決まったことだから明日か、旅行の終わり頃しか向こうの都合がつかないようなんだ」

「私は、滞在中、特に予定はありませんから、大丈夫ですよ」

「ありがとう。仕事は早めに終わらせて、新婚旅行を楽しもうと思ってな」

「でも、造船所も私は楽しみです。セドリックもとても楽しみにしているのですよ」

「そう言ってもらえると私も心が軽くなるよ」

ウィリアム様がほっとしたように表情を緩めます。

「でも、視察だなんて、私に務まるでしょうか」

「大丈夫だよ。行って挨拶をして、見学をするだけだからね」

ウィリアム様が私の手をぽんぽんと撫でました。

「ああ、そうだ。画家のところへは造船所の翌日か、休みを挟んでその次の日か。つまり明後日以降に行こう」

「アルフォンス様のご紹介だなんて、とても楽しみです」

「とはいえ、画家はアルが王太子だとは知らないらしい」

思わぬ言葉に目を丸くします。

「大きな商家の道楽息子のアルフくんだと思っているので、話を合わせるようにとのことだ。身分を隠して視察をしている時に見つけたらしい」

「ふふっ、アルフ様らしいですね」

「きっと、あいつは国王になっても同じことをしているぞ」

ウィリアム様が肩を竦めながら言いました。

私にもその姿が簡単に想像できてしまいます。

「ウィリアム様、滞在中にどこかで一度、海に行ってみたいです」

「見るだけでかまわないか？　もう少し時期が早ければ、港から少し離れたところでは泳げたんだがな」

「私は泳げませんもの。確か、この時期はクラゲという生き物が出るのでしょう？」

「ああ。刺されるととても痛い上、クラゲの種類によっては命の危険もあるほどの毒を持っているんだ。それも含めてヒューゴに言い聞かせねば」

ウィリアム様が決意を込めた眼差しで空を見上げました。

青く晴れ渡った空は、王都よりもずっと色が濃いような気がして、白い雲がとても眩しいです。

「リリアーナ、あそこにガラス工芸の店があるよ。行ってみないか」

その声に顔を戻し、彼が指差す先に視線を向けます。少し離れたお店で、なかなかに大きな店構えです。

「お隣のオルゴールのお店も後で行ってみたいです」

「時間はまだまだある。順番に回ろう」

「はい。ふふっ、旅行ってとても楽しいですね、ウィリアム様」

隣のウィリアム様を見上げて微笑むと、ウィリアム様は左手で顔を覆って発作を起こされてしまいました。

「かわいい……ほんとうに、かわいい、きてよかった……っ」

旅行に来られたことに感動しているウィリアム様は感受性が本当に豊かです。

その左手の薬指にある指輪が太陽の日差しを反射してきらりと輝きます。

お揃いの薔薇が彫られた結婚指輪は、私たちが夫婦であるという証明です。やっぱり着けて来られて良かったと私はウィリアム様の腕に添えた左手の薬指を見て、実感しました。

それから一時間ほど大通りでお買い物を楽しんで、私たちはセドリックやエルサたちと合流し、別荘へ戻ったのでした。

造船所は、町はずれの海の傍にありました。

王都の侯爵家のお屋敷がすっぽりと入ってしまいそうな大きな建物の前に大勢の人がいます。

「スプリングフィールド侯爵様、ようこそおいで下さいました！」

所長さんご夫妻を筆頭に造船所の皆さんが総出で私たちを迎えて下さいました。

「急な訪問になってしまって、すまない。都合をつけてくれたこと、礼を言うよ」

「いえいえ、こちらこそ。王太子殿下にも久しぶりにお会いしたかったのですが、救国の英雄殿に来ていただけるなんて、本当に、光栄でございます……！」

所長さんが興奮を抑えきれない様子でウィリアム様を見上げています。

「それに、あの女神のようにお美しいと噂の奥様までご一緒だなんて……！」

所長夫人が私を振り返ります。

ウィリアム様に向けられていた目が一気に私に向けられて、思わずウィリアム様に身を寄せます。

「私の妻のリリアーナだ。先日、デビューしたばかりで、視察も今回が初めてなんだ」

「初めまして、リリアーナ・ルーサーフォードと申します。本日は、よろしくお願いいたします」

私が挨拶の礼を取ると、皆さんが一斉に頭を下げてくれました。

「こ、こちらこそよろしくお願いします！」

「今日は、ご厚意に甘えて私たち夫婦の弟たちにも勉強をさせてほしい」

ウィリアム様に促され、弟たちもそれぞれ挨拶をして、いよいよ私たちは所長さん夫婦に造船所の中を案内していただくことになりました。


「……まあ！」

「大きい……」

「すごいねぇ」

扉の向こうにあったあまりに大きな船に私は、感嘆の声を漏らします。

想像していたより、ずっとずっと船は大きく、圧倒的な存在感がありました。

その大きな船を囲むように木製の足場が組まれています。屋根よりも高い足場を木材を担いだ職人さんが歩いています。

私たちを迎えて下さった方々も大勢いましたが、この大きな造船所にはもっとたくさんの人がいるようです。

「あんなに高いところを……怖くないのでしょうか」

「慣れでございますよ」

私の呟きに所長さんが答えてくれました。

「これはどういった船なのですか？」

「この船は、客船と貨物船を兼ねた船になる予定でございます。お客様を運ぶと同時に、船底のほうに荷物を積んで、一緒に運んで行くのです」

所長さんの説明に私たちは「なるほど」と相槌を打ちます。

「あ、あの、所長さん。僕、この貴重な機会に職人さんたちに船について聞いてみたいことがあって、質問をまとめてきたんです。誰かにお話を聞きたいのですが……っ！」

セドリックが肩に掛けていた鞄から紙の束を取り出しました。

「これはこれは熱心なことですなぁ。どういったことを知りたいのですか？」

所長さんが嬉しそうにセドリックの持つ紙の束を覗き込みます。

「ふむふむ、船の構造が主ですな。でしたら、製図部門の者がいいでしょう。おーい、そこの見習い。坊ちゃまをヘンリーのところに案内して差し上げてくれ。坊ちゃま、あの者について行って下さい、適任者がおりますから」

「義兄様、いいですか？」

「ああ、もちろん。フレデリック、ついて行ってやってくれ」

「かしこまりました。さあ、参りましょう、セドリック様」

所長さんに指名された少年が「こちらです」と歩き出し、フレデリックさんとセドリックがその後に続いていきます。

「あの子ったら、いつの間にあんなに質問を考えていたのかしら」

「セディは、学者肌だからな。出発前に本で調べたり、家庭教師にも聞いたりしながら、質問表を作っていたらしい」

「そうなのですね」

「ヒューゴ様、船に登るのは禁止です！」

マリオ様がそう叫んで、いつの間にやら足場を登っていたヒューゴ様を捕まえに行きます。ヒューゴ様が「だって近くで見たいもん！」と返事だけしました。足を止める気はないようです。

「静かだと思えばこれだ……」

ウィリアム様が片手を額に当てて、ため息を吐きました。

ヒューゴ様のことを自由に育てすぎたと嘆く時のお義母様そっくりです。

「ははっ、お元気なのは良いことです。ただ上は工具や木片なども落ちていて危ないので、よければ侯爵様も一緒に行かれますか？　殿下はいつも船上に上がって行かれますが」

「私も一度、船の制作過程を間近で見たいのだが、リリアーナはどうする？」

「私は、あんなに高いところは怖いので、セドリックの様子を見てきます」

「分かった。エルサ、アリアナ、ジュリア。頼むぞ」

「かしこまりました」

ウィリアム様は三人の返事に頷くと、所長さんと共にひょいひょいと足場を登って行きます。

一番上に到着するとウィリアム様は振り返って手を振って下さったので、私も手を振り返し、所長夫人の後ろについてセドリックの下に向かいます。

すれ違う職人さんたちは、広げた図案を覗き込んで真剣な顔で話し合っていたり、木材を加工していたりして、見習いの少年たちがその合間を忙しなく走り回っています。

海の匂いより強く木の爽やかな香りがします。トンカチで木材を叩く音やのこぎりの音、職人さんたちの話し声は、自然と大きくなるのか怒鳴っているかのようです。

所長夫人は、造船所の中をどんどん進んでいき、ドアを開けて更に建物の奥へ入って行きました。

「あら、ヘンリーは？」

「食堂のほうに。ここは散らかってっからなぁ。広い机を求めて行っちまいました」

製図室と看板の掛けられた部屋を覗くと確かに言葉通り、足の踏み場もないほど紙が散らばって、机の上には定規や鉛筆の他にたくさんの本や資料が積み上げられていました。

「奥様、申し訳ありません、もう少し移動しても？」

「もちろん、かまいません。それにしてもすごい紙の量ですね……これは全てお船の設計図ですか？」

「ええ。船体も船内も、うちでは全てこだわっておりますから。もう一つ造船所がありまして、そちらでは小型船を作っているのですよ」

「まあ、そうなのですね」

食堂へと歩きながら、所長夫人から船に関することを教わります。夫人は、主に経理を担当していて、好き勝手する男性陣を納得させて予算をまとめるのが大変だそうです。

「こちらが食堂です。ああ、あそこで盛大にお勉強会中のようですね」

夫人が指差す先を見れば、食堂の長いテーブルの一部にセドリックの質問表以外にも紙が広げられ、本が重ねられています。ヘンリーさんという方だけのはずだったのに、数人の職人さんがいて、賑やかにお勉強会が開催されていました。

「お声を掛けますか？」

「いえ、水を差すのも悪いですから、少しここで休ませていただいてもよろしいですか？」

「もちろんかまいませんわ。そちらへどうぞ」

夫人が指差すとエルサが椅子を拭いて、アリアナがハンカチをのせてくれました。お礼を言ってそこに腰かけます。夫人も隣に腰かけました。

セドリックは、私たちが来たことに気づいていないようでした。目をキラキラさせて、職人さんの話を聞いています。

「ふふっ、とても楽しそうでございますね」

「ご迷惑になっていないようで、良かったです」

「あんなにも楽しそうですもの。教える側も楽しくなるものですよ。奥様は、新婚旅行で来られたのでしょう？」

「ええ。ウィリアム様がお仕事を調整して、連れて来て下さったのです。王都を離れたのが初めてで、とても新鮮です」

「そうなのですね。観光はどこに行かれたのですか？」

「いいえ、実はまだこちらに着いたばかりで、昨日、少しお店を覗いただけなんです」

そう告げると、夫人は「でしたら」と、ソレイユの観光名所や名産品、知る人ぞ知る穴場などを、たくさん教えてくれました。

夫人は、生まれも育ちもこの港町ソレイユで、聞いていて、情景がすぐに浮かぶほどお話が上手です。

「ますます旅行が楽しくなってきました。……あの、ヒューゴ様がお土産に船の模型が欲しいと言っているんです。どこかで売っていますでしょうか？」

「船の模型……でしたら『カルムの海』というお店がありますの。模型はもちろんですが、最近、新しく考案されたボトルシップというものが売っていますよ」

「ボトルシップ？」

「ええ、大小様々なガラス瓶の中に船の模型が入っているのです」

「まあ、瓶の中に？　どうやって入れるのですか？」

「聞いた話によりますと、入れるのではなくピンセットなどを使って、瓶の中で組み立てるそうです。芸術的な作品なので、買う買わないはともかく、一度見てみるのも面白いですよ。これからソレイユの看板商品になるに違いありませんもの」

「是非、一度、見てみたいです。……詳しい場所を教えていただけますか？」

「ええ、もちろんでございます。今、地図を書いてきますのでお待ち下さいませ」

そう言って夫人が一度、席を立つと厨房と思われるほうへ行きました。

「やあ、リリアーナ」

顔を上げるといつの間にかウィリアム様が食堂に入ってきます。

「船の上はいかがでしたか？」

「職人たちの仕事を間近で見せてもらったよ。素晴らしい技術だった。ところでセディは……おや、随分と楽しそうだ」

ウィリアム様は、まだ職人さんたちと楽しそうに話しているセドリックに顔を向けて、頬を緩めました。いつの間にかヒューゴ様と所長さんが加わっています。

「セドリックは、侯爵家に来て、自由に学べるようになってから、色々なことに興味があるようで、時々、私には分からないような難しい話もしてくれるのですよ」

「そうか。私が後見人になったのは家の事情も含めてだが、優秀だというのは確かだな。今度、家庭教師にも聞いてみて、必要があればあの子の教育を見直してみよう」

「ありがとうございます、ウィリアム様」

私がお礼を言うとウィリアム様は「可愛い義弟だからね」と照れくさそうに言いました。

「侯爵様、お戻りになられたのですね」

夫人が厨房から戻って来ました。一枚の紙が差し出されます。

「こちらに地図を書いておきました。是非、行ってみて下さいね」

「ありがとうございます。ウィリアム様、夫人に船の模型が売っているお店を教えていただいたんですよ」

私は受け取った紙をウィリアム様に渡しました。ウィリアム様が「へぇ」と頷きながら紙に書かれた地図に目を落とします。

「ただ最近は、ソレイユも治安が少々不安で」

夫人が表情を曇らせます。

「そうなのか？　騎士団が機能していないのか？」

「いえ、そんなことはないのですが……盗賊団の動きが非常に活発になって、港のほうでは盗難が頻発しているんです。町でも、スリやひったくりが増えて、貴族様の家や商家が盗みに入られたなんて話も……うちも戦々恐々としているんです」

夫人が眉を下げ、ため息を零します。

「ここは港町で、国内外問わず色々な人々が集まります。それに船乗りなんて、危険と隣り合わせですから血の気の多い人もたくさんいますし、喧嘩なんかも日常茶飯事です。ですからもともと王都のように治安がいいわけではありませんが、それにしても最近は事件が多すぎて、娘にも一人では絶対に出歩かないように言っているのですよ。それに最初に言った、盗賊団が優秀な人物を引き入れたともっぱらの噂で、やりたい放題なんですの」

「まあ……盗賊団だなんて、なんだか、怖いです」

思わず隣に立っていたウィリアム様の手を取ると、大きな手がぎゅうっと握り返して下さいました。

「大丈夫だ、リリアーナ。君も弟たちも使用人も私が護るからね。それにうちの別荘は高台にあって、見張りは常時、置いてあるから安全だよ」

ウィリアム様の低く甘やかな声が与えてくれる安心に私は、繋いだ手に頬を寄せます。

「ウィリアム様がいれば、怖いものはありませんね」

ウィリアム様が「うっ」と声を漏らして、発作を起こしそうになりましたが、エルサの咳ばらいでなんとか治めたようです。

「ああ、かわいい……っ、ごほん、管轄外ではあるが、一応、騎士団へ話は聞いておこう。ジュリア、この視察が終わったら、そのままマリオと共に行ってきてくれ」

「了解しました」

ジュリア様がびしっと騎士の礼を取ります。

「エルサも明日からお休みですから、気を付けて下さいね」

私は後ろに控えるエルサを見上げて言います。

「なんだか奥様から離れるのが心配になってまいりました。やっぱり休みなんて」

「やめてくれ、エルサ。私がフレデリックに恨まれる。フレデリックは、君との休暇をとてつもなく楽しみにしているんだ」

ウィリアム様がセドリックの傍に控えるフレデリックさんを指差します。

いつも無表情で冷静なフレデリックさんですが、私でも分かるくらいに今日はとても機嫌が良いのです。フレデリックさんは、妻のエルサを溺愛しているので、明日からの三日間の休暇をとても楽しみにしているのが分かります。

「リリアーナの傍には私もアリアナもジュリアもいる。たまには夫婦水入らずで楽しんでくれ」

「……かしこまりました」

エルサが渋々頷きました。私のことが大好きなエルサは、私にとっても過保護なので仕方ありません。

「夫人、時間は大丈夫だろうか？　滅多にない機会だからもう少しだけ、弟たちに学ぶ時間を与えてやりたいのだが」

「今日は、侯爵様の視察ということで調整してありますので問題ございません。……そうだ、よろしければ資料館へご案内しますよ」

「資料館？」

「うちはなかなか歴史ある造船所なのです。とはいっても過去の道具ですとか、うちで手掛けた船の絵や模型、歴史年表などが飾ってあるだけなのですが」

「どうする、リリアーナ」

「是非、見てみたいです」

「ならば、行こうか。案内を頼む」

夫人が「では、こちらへ」と歩き出し、私たちは食堂を後にします。

案内された資料館は、なかなかお勉強になる場所で、私も少しばかり船に詳しくなれたような気がしました。

資料館の見学を終えた後は、まだ話し足りない様子のセドリックとヒューゴ様を連れて別荘へと戻ることになりました。

無事に視察を終えられた安心感に、私は馬車の中でうっかりウィリアム様にもたれて、眠ってしまい、気が付くと別荘に到着していました。

「明日も画家に会いに行く予定がある。すまないが夕食も外でとる。別荘でゆっくり休んでいてくれ。夜も先に寝ていてくれ」

私は残りの仕事を終わらせてくるよ。

私を寝室まで運んで下さったウィリアム様は、そう告げて私の額にキスをするとフレデリックさんを伴って出かけて行ってしまいました。

寂しいですが、先に仕事を片付けてしまえば一緒にいられる時間は増えるのですから、今は我慢です。

私がベッドから降りて、ソファに座り直したところでセドリックとヒューゴ様が「大丈夫？」と言いながらやって来ました。

「大丈夫ですよ。疲れて少し眠ってしまっただけですから。セディ、ヒューゴ様、よければ話し相手になって下さいな。ウィリアム様はお仕事に行ってしまって、寂しいのです」

私の言葉に二人は嬉しそうに顔を見合わせ、私を間に挟むようにして座りました。

「姉様、僕、船のことに大分詳しくなったから、教えてあげるね」

「オレだって、色々詳しくなったよ！」

そう言って、セドリックとヒューゴ様が身振り手振りを交えて、一生懸命、今日教わったことを教えてくれます。

こうして、この日はこのままゆったりと時間が流れていったのでした。

幕間一 カラスの企み

「次の標的は、スプリングフィールド侯爵⁉」

俺の声が響き渡って、酒も入って賑やかだった席が静まり返った。

俺は港町ソレイユとその近郊を拠点としている盗賊団の頭を務めている。

俺の目の前に座るのは、仮面を被った男だ。背が高くがっしりした体格で、それ以外は分からない。顔は仮面で口以外が覆われているから、素顔も知らない。

それでも、こいつ——全身真っ黒なので——『カラス』は俺たちの仲間だった。

カラスが入る前の俺たちの犯行は、ひったくりや強盗といった力でどうにかできるものばかりだった。そもそもが船を降ろされた奴や町の爪弾き者、流れ者が集まった窃盗団には力こそあれ、頭はなかった。

だが二カ月ほど前にふらりと現れたカラスは、驚くほど賢い男だった。この男の指示に従いさえすれば、警備の厳しい港の倉庫からだって、お宝を盗むのは簡単だった。

だがしかし、スプリングフィールド侯爵というのはいかがなものだろうか。

学のない俺たちだって、スプリングフィールド侯爵がこのクレアシオン王国の英雄であること、国一番の腕前を持つ騎士であることくらいは知っている。ソレイユのぽんこつな騎士共とは、格が違ぇしよ」

「侯爵を襲うのは、俺たちにゃ、無理じゃねぇか？」

第五師団はポンコツだ。検閲所から運んでいた王太子の荷物だって簡単に盗めた上、あいつらは俺たちがどこにいるかも分からねえで、今頃、真っ青になって探し回っているに違いねえ。

「違う違う。襲うわけじゃねぇよ。盗んでほしいんだ」

「盗む？　何を」

「侯爵夫人の指輪」

カラスは、にんまりと笑う。

俺たちは顔を見合わせて、首を傾げた。

指輪というのは、盗むのが難しい代物だ。何せ、指にはまってるわけだから、ちょっとでもきつければ、関節に引っ掛かるし、指だって真っ直ぐにしていてくれないと抜けはしない。

「侯爵夫人、見たことあるか？」

「あるわけねぇだろ。噂くれぇは知ってるけどよ」

王都に住む侯爵夫人だが、港町にだって当たり前のように噂は流れて来る。

女神のように美しく、侯爵家が運営する孤児院にも慰問に訪れる心優しい夫人。

「俺は王都で会ったことがある」

カラスは恍惚と語り出す。

「淡い金の髪、星を溶かし込んだ瞳、雪のように白い肌に可憐な唇。声も鈴を転がしたように凛としていて、彼女は全てが美しい」

カラスは、うっとりと空中に手を伸ばす。ここにはいない侯爵夫人に握手でも求めてるんだろうか。

「でも、むかつくことに彼女は、肌身離さず指輪を身に着けている」

「そりゃ、結婚指輪だからだろ」

俺の言葉に仲間たちが「そりゃそうだ」と笑う。

だがカラスは、ひどくつまらなそうに酒を呷る。

「いつかは俺のものにする予定なのに、そんなもんに縋られてちゃ、面白くねえ」

まるで当たり前のことのように告げられ、俺たちは言葉に詰まる。

カラスの正体は知らない。だが、こんなところで盗賊をやっているような男が、どうして国の英雄に守られたお姫さんを自分のものにしようなんて思いつくのだろう。

俺たちには学はねえし、ろくな頭もねえが、手を出しちゃならねえ領分くらいは弁えている。だから、こうやって自由に生きている。

「俺が指輪を盗ったら落ち込むかな？　落ち込むよな。だって、リリアーナは心優しい女神様だから、きっと泣き暮らすに違いねえ。いいねぇ、ずっと盗られた指輪のことを考えていてくれりゃ、俺のことを考えてくれてるようなもんだろ？」

「あ、ああ」

俺の引き気味の返事にもカラスは「だろ？」と嬉しそうに声を弾ませた。

「よしっ、今夜は作戦会議だ。リリアーナから指輪を盗んでやろう。お前らは、俺の言うとおりにしてりゃ、間違いねぇからよ。安心しろ」

そう言って、カラスは酒瓶を手にアジトの食堂を出て行く。

「あー、リリアーナの泣き顔、最高だろうな！」

口の端に歪な笑みを張り付けて、カラスは高らかに嗤った。

第三章 画家とビーチと市場

「おや、また窃盗事件があったらしい」

朝食の席で新聞を広げるウィリアム様がぽつりと呟きました。

「まあ、何が盗まれたのですか？」

「被害に遭ったのは、クレイン貿易の積み荷だ。護衛の隙をついた巧妙な犯行、犯人の手掛かりなく、か」

「義兄様、犯人は捕まらなかったのですか？」

「ああ。どうも薬か何かで眠らされて、その隙に荷物を奪われたようだ。もともと、この盗賊団はソレイユ近辺に出没していたらしいが、ごろつきの集まりで、協調性はなかったそうだ。だが噂によれば頭の切れる奴が仲間になったようで、手口が非常に鮮やかになり、連携も見事に獲物を盗んで行くんだとか」

ウィリアム様の表情が険しくなります。

「その上、これまで根城にしていた場所がことごとく空になっていて、どこを拠点に活動しているのかさえ、分からないようだ。……全く情けない。第五師団は少々、たるんでいるな。王都に戻ったら、予定を調整して鍛え直すか。……ところで、ヒューゴは？」

新聞を畳んで、すっと現れたメイドさんに渡しながらウィリアム様が首を傾げます。

私の向かいに座るセドリックの隣は今のところ空っぽです。

「坊ちゃまでしたら、まだ夢の中のようでございます。メイドが起こしに行っているのですが、これがなかなか」

アリアナがそう教えてくれました。

「相変わらず朝に弱いなぁ」

ウィリアム様が苦笑を零します。

「今日は、朝食を済ませたら画家のところへ出かけるから、それまでに起きて来るように頑張ってくれ。食事はサンドウィッチか何かを馬車の中で食べさせればいい」

メイドさんたちが「かしこまりました」と揃って返事をしました。

「なんだか、エルサがいないのが不思議です」

エルサは今日から三日間、フレデリックさんと共にお休みです。町のほうで宿をとっているそうで、今朝早くに出かけて行きました。

「君とエルサは常に一緒だからな。大丈夫か？」

「ええ。アリアナがいてくれますから。とても頼りになるのですよ」

私の言葉にアリアナが照れくさそうにしています。

「でも、義兄様、昨夜、帰って来るのが遅かったんですよね？　大丈夫ですか？」

セドリックが心配そうに問いかけます。

昨日、アルフォンス様から頼まれたお仕事に出かけたウィリアム様が戻られたのは、夜中だったようです。というのも、朝起きたらウィリアム様が知らぬ間にいつものように私を抱き締めて眠っていたのです。一体、いつ帰って来たのか、私はさっぱり気づかなかったので、とても驚きました。

「大丈夫。きちんと眠れたから問題ないよ。ありがとう、セディ。それに頼まれた仕事は大体終えられたから、今日からは心置きなく君たちと過ごせるよ」

満面の笑みを浮かべたセドリックに私も笑顔になります。

朝食の準備が整って、さあ食べようかとウィリアム様が声を掛けたところでダイニングのドアが開きました。

寝癖のついた頭にとろんとした目、寝間着姿のヒューゴ様がそこに立っていました。

「………おはよ、ございます」

「おはよう。まだ寝間着のようだが？」

ウィリアム様が苦笑交じりに声を掛けます。

ですが、ゆらゆらと揺れるヒューゴ様から返事はありません。それどころか目がぴったりと閉じてしまいました。

ウィリアム様が様子を見に行くと、驚きの顔で振り返りました。

「器用な弟だ……立ったまま寝ている」

その言葉に私とセドリックは顔を見合わせて、思わず声を上げて笑ってしまったのでした。

「お家の白い壁が眩しいですね」

馬車から降りて、住宅街の細い道をウィリアム様と並んで歩いて行きます。

私たちは、旅行の思い出の絵を依頼する予定の画家さんのお家に向かっています。

「王都のお家とは、全然違うね。皆、真っ白。屋根は青っぽい石だから、青く見えてたんだね」

少し前を歩くセドリックが辺りを見回しながら言いました。

庭先に干された洗濯物が爽やかな夏の風にひらひらと揺れていて、蔦植物が庭を囲う白い壁を覆うように垂れて、オレンジ色の花を咲かせています。

「お兄様、ここだって！」

セドリックの更に前をマリオ様と手を繋いで歩いていたヒューゴ様が一軒の可愛らしいお家の前で足を止めました。

「……旦那様、本当に人が住んでいるんですか？」

たどり着いた先でアリアナが不安そうに尋ねます。

私も不安になって、ウィリアム様を見上げます。

画家さんのお家は、小さなお庭と小さなお家で構成されていますが、お庭は草がぼうぼうで、家の前には絵の具か何かで汚れた道具が積み上げられ、木製の雨戸が外れて落ちています。

「……アルはここだと言っていたし、連絡も取れたと言っていたが、マリオ、とりあえず声を掛けてみてくれ」

「了解。ヒューゴ様、兄上のところにいて下さいね」

マリオ様がヒューゴ様の手を放して、玄関へ行きますが、ドアノッカーは外れて落ちていました。玄関脇のポストは、新聞と手紙が溢れかえっています。

「こんにちは、お約束していたスプリングフィールド侯爵家の者ですが」

ドンドンと強めにノックをして、声を掛けても返事がありません。二、三度繰り返してみますがやっぱり、返事はありません。

ジュリア様が庭の草をかき分けて、窓から家の中を覗き込みます。

「薄暗くてよく見えないのですが、人の気配はないです」

「留守なのか？」

「そ、そういえば、造船所の所長夫人も最近は事件が多いっておっしゃっていましたから、まさか何かに巻き込まれたのでは……？」

自分で言葉にしておきながら、不安になってウィリアム様に身を寄せます。大きな手が宥めるように私の肩を撫でてくれます。

「鍵は……かかってねぇな」

マリオ様が玄関のドアノブに手をかけると、ドアは呆気なく開きました。

「中を見」

「義兄様！　大変です！　こっちこっち！」

セドリックが何故か家の裏側からこちらへやって来ました。見れば、ヒューゴ様のお姿がありません。

「どうした？」

「女の人が、倒れてます！」

セドリックの言葉にウィリアム様が顔色を変えます。

マリオ様がすぐさま家の裏手へと走り出し、セドリックがついていってしまいました。

私たちもすぐにその後を追います。

すると表と同じように草がぼうぼうの裏庭に、栗色のくせ毛の若い女性が裏口から這い出るようにして、倒れていました。

「リリアーナ、近づかないように。ジュリア、アリアナ、頼む」

ウィリアム様が少し離れた場所で私に待機するように言って、駆け寄ります。ジュリア様が私の後ろに立ち、アリアナが横から私を抱き締めるようにしてくっついてきます。

「おい、おい、大丈夫か！」

マリオ様が女性を抱き起こし、声を掛けます。ウィリアム様が傍に膝をつき、青白い顔をしている女性の首筋に触れて、脈を確かめます。子どもたちが、心配そうにウィリアム様の背から女性を覗き込みます。

「脈はある、大丈夫、生きてる」

ウィリアム様の言葉にほっと胸を撫で下ろした時でした。

女性の細い手が急に動いて、ウィリアム様の腕をがしりと掴んだのです。ウィリアム様が驚いて目を見開くのと同時に女性が口を開きました。

「……は、腹が……っ」

「どうした、腹が痛いのか？」

「…………はらが、へった……っ」

ぐ～きゅるきゅるきゅる……と聞いたこともないほど大きな音が彼女のお腹から、少し離れた私たちにも聞こえました。

「なんだい、騒がしいと思えば、レベッカ、またかい」

顔を向ければ、隣の家の奥さんが壁からこちらを覗いていました。

「レベッカの……親戚じゃなさそうだね、珍しいことにお客さんかい？」

「は、はい」

マリオ様が呆気に取られながら返事をします。

「その子は、絵に熱中すると寝食を忘れて、一カ月に二回はそうやってぶっ倒れてるんだ。絵を買いに来たなら、ついでにご飯でも食べさせてやっておくれ。どうせまた一週間くらい、ろくに食べていないに違いないんだから。頼んだよ」

奥さんは言いたいことだけ言うと、顔をひっこめて去って行ってしまいました。

呆気に取られる私たちをよそに、ぐ～きゅるきゅるきゅる、とまた空腹を訴える鳴き声が彼女のお腹から聞こえたのでした。

「美味しい！　美味しいよ、染み渡るようだよぅ」

マリオ様が買出しに走り、他にできる人がいなかったので私が調理したパン粥を、ベッドの上で食べながら、女性――画家のレベッカさんがむせび泣いています。

継母から身を隠し、王都の住宅街で庶民に混じって暮らした際に始めた料理ですが、こんなところで役に立つとは思いませんでした。

家の中は少々埃っぽかったのですが、私が料理（台所は使われていないのか綺麗でした）をしている間に、アリアナが簡単に掃除をして、空気を入れ替えてくれました。

私はマリオ様が見つけてきた比較的綺麗な椅子にハンカチを敷いて、その様子を眺めています。他の人たちが立っているので申し訳ないのですが、他に椅子がないのです。

「っはぁー、美味しかった！　ごちそうさまぁ！」

お皿どころかお鍋の中身も空っぽにして、レベッカさんはようやく人心地がついたようでした。

長い栗色の癖毛は、無造作に後ろで一つに結わえられています。色白でそばかすが可愛らしい柔らかなお顔立ちは、先ほどまで真っ青だったので、ようやく血の気が戻って来てほっとしました。

「いやぁ、すんませんでした。仕事に没頭するあまりご飯食べるのを忘れ…………女神だ、こんな汚ねぇ我が家に、女神様がいる……っ」

セドリックとアリアナが、慌てたように私の目の前にやって来て、レベッカさんから私を隠します。

「まずいな、疲労の蓄積で幻覚が見えているのか？　いや、私の妻は確かに女神のように美しいし、事実、私にとっては女神なんだが」

「お前はお前で真顔で何言ってんだよ」

真剣に悩み始めたウィリアム様にマリオ様が突っ込みを入れて下さいました。

「あのね、お兄様がお姉さんに絵の依頼をしたいんだって！」

ヒューゴ様がぴょんとベッドに腰かけて、本題に入ります。

「絵？　あ、女神様の肖像画を描かせてくれるとか⁉」

「ううん。お義姉様の絵じゃなくて、新婚旅行中に心に残った風景を絵にしてほしいんだって」

「女神様の肖像画じゃなく……？」

「お義姉様じゃなくて、風景画。ねえ、お姉さん、どんな絵を描くの？　オレ、見たい」

「そっかぁ……隣の部屋にあるから、自由に見ていいよ」

何故かしょんぼりしながら、レベッカさんがベッドの足元側にあるドアを指差しました。

「私たちも見ていいですか？」

「ええ。ただ……ご想像通り散らかってるんで、気を付けて下さーい」

えへへ、とレベッカさんが笑いながら頬を指で掻きました。

「奥様、私が先に様子を見てきますから、お待ち下さいね」

そう言ってアリアナが、とんと胸を叩いてヒューゴ様と共に隣の部屋に入って行きました。頼もしい限りです。

少しして、アリアナが「大丈夫そうです、どうぞ！」と顔を出したので、ウィリアム様とセドリックと共に隣の部屋へ入ります。

絵の具の匂いでしょうか。独特な匂いが部屋を満たしています。

「……まあ」

確かにとても散らかっていますが、それが目に入らないくらいに美しい絵が、目の前にありました。

イーゼルに立てかけられた大きなキャンバスに描かれているのは、幾艘もの帆船が行き交う港の風景でした。

「姉様、すごいね、綺麗だね」

セドリックが興奮した様子で私の手を握ります。

「ええ、本当に素晴らしいですね」

大きなキャンバスの後ろにも何枚か絵がありました。港町の風景をそのまま切り取ったかのような繊細な絵は、どれもこれも鮮やかで、繊細で、美しいです。

アリアナとジュリア様も「いい絵ですね」と感心していて、マリオ様は、デザイナーのマリエッタ様としての血が騒ぐのが、一言も口を利かずにじっと絵を見つめています。

「芸術にはそれほど詳しくないが、これは確かに素晴らしいな。私は是非頼みたいが、リリアーナはどうだい？　二人の寝室に飾るのだから、君も気に入らないと……」

「もちろん、気に入りました。とても素晴らしくて、エルサにも見せてあげたいです」

「良かった。というわけで、レベッカ嬢、是非、依頼を……レベッカ嬢!?」

振り返ったウィリアム様の声がひっくり返ります。私も振り返って「あらまあ」と驚いてしまいました。

何故ならレベッカさんが、部屋の入り口で土下座していたのです。

「レ、レベッカ嬢、どうした？」

「どこの誰かは知りませんが、そちらの女神様をどうか、描かせていただきたい！」

「アルフから私たちが誰か聞いてないのか？」

「アルフさんからは、金持ちのイチャイチャバカップルが来るからとしか聞いてませんが、まあ、それはこの際置いといて」

顔を上げたレベッカさんが、箱か何かを横に置くように手を動かします。

「あたしは、美しいと思ったものを絵の中に閉じ込めたいんですが」

「閉じ込めたい」

「人間で、こんなに閉じ込めたいと思った人は初めてです！」

もしかしたらレベッカさんは、ちょっと感性が独特なのかもしれません。芸術家の育成に熱心な私のおじい様も「芸術家というのは、変な人が多いよ」と言っていましたし。

「一応聞くが、閉じ込めるというのは、普通に絵にするということか？　監禁したいとかじゃないだろうな」

「違いますよぅ。美しさって一瞬じゃないですか、だからその一瞬を絵の中に閉じ込めたいんです。それできちんと管理して、保管すれば一生残っていく。……まあ、あたしの才能は世間に見つかっていないようで、他の絵は売れ残ってるわけなんですけどね」

あははは、とレベッカさんが朗らかに笑います。

「完成した奥さんの絵は旦那さんに差し上げますからぁ、描かせて下さい」

「くれるのか？　私に？」

「そりゃあ、大事にしたいですけど、こんな埃だらけの家にあったらすぐにカビが生えちゃいますもん。奥さん大好きみたいだし、あげますよ！　だから、ね！　お願いします！」

レベッカさんが、再び床に額をくっつけるようにして頭を下げました。

「師団長室に飾っておけば、私の仕事の効率も上がる気が……いや上がるな、確実に」

「まずはモデルになるリリアーナ様に許可を取れよ」

マリオ様の言葉にウィリアム様が、はっとして私を振り返ります。

「というわけで、私の仕事の効率……ごほん、ではなく、私たちが絵を依頼するにあたって、本当にふさわしいか確認するためにも、君の肖像画を描いてもらっては、どうだろうか？」

「私はかまいませんが、肖像画なんて、なんだか気恥ずかしいですね」

絵になるなんて、恥ずかしくなって片手を頬に当て赤くなるのを誤魔化します。

「ううっ、かわいい……かわいい、このかわいい、つまが、えになったら……うぐっ」

ウィリアム様がまた発作を起こしています。素晴らしい絵の数々に感動している気持ちは、私にも伝わってきます。

「わーい、やったぁ！　ありがとうございます！　一生懸命、描きますからね！」

顔を上げたレベッカさんが、無邪気に拍手をしながら笑みを浮かべました。たれ目が更に柔らかい弧を描いて、ほわほわしています。

「レベッカ嬢、リリアーナの肖像画を描くにあたって、スケッチなどは必要か？」

「できれば、一日ほど観察させてほしいですねぇ」

「ならば、私たちは、三日に一度、別荘で丸一日を過ごすから、その日に別荘に来てくれるだろうか？」

「他に仕事もないんで、もちろんです！」

「ならば、早速、明日、迎えを寄越そう」

「わーい、ありがとうございまーす。別荘なんて、本当にお金持ちなんですねぇ」

のほほんと笑っているレベッカさんは、私たちを本当にただのお金持ちだと思っているようです。確かにまさか、一介の商人の息子（だと思っている）アルフ様からの紹介が、貴族だとは思わないのかもしれません。

「では、私たちはそろそろ失礼する。パンや肉を余分に買ってあるので、しっかり食べてから来るんだぞ。別荘に来た日は、うちで食事を出そう」

「ひええ、至れり尽くせり、ありがとうございまーす」

レベッカさんはなんだか憎めない人で、私もお菓子とかあげたくなってしまいます。

「皆さんは、これからどちらに？」

「まだ決めていないが」

「お兄様、海！　とにかく海に行きたい！　サメには乗らないから！　ね！」

「義兄様、僕も海、行ってみたいです」

弟たちがここぞとばかりにウィリアム様にねだります。ウィリアム様は二人の頭を交互に撫でて「今、海に決まった」と返します。

「でしたらぁ、ソーレビーチがおすすめです。よくあそこの知り合いの店で似顔絵のスケッチをさせてもらって、家賃を稼いでるんです。あそこはビーチに入るのが有料なんで、変な人がいないですよ。もう遊泳期間は過ぎちゃったんですが、お店とかも出てますし、楽しいですよ」

「なるほど、有益な情報をありがとう」

「レベッカさん、ちゃんとご飯を食べて、きちんと眠ってから来て下さいね」

「へへ、はーい」

眉を下げて、申し訳なさそうにレベッカさんが頷きました。

私たちは「いってらっしゃーい」とぶんぶんと手を振るレベッカさんに見送られて、ソーレビーチへ向かったのでした。

「うわ！　本当にしょっぱーい！」

「ヒューゴ、変なもの食べちゃダメだよ⁉」

「食べてないよ、海の水を舐めただけ！　ねえ、すごくしょっぱいよ！」

「おーい、絶対に海に入っちゃダメですからね！」

マリオが子どもたちを追いかけて行く。

私――ウィリアムも、流石に暑いのでジャケットを脱いでシャツ一枚になる。

「私たちは、ここで荷物の番をしておりますから、どうぞご夫婦でゆっくり過ごして下さい。折角の新婚旅行なのですから」

受付で借りた大きなパラソルを砂浜に立てて、布を敷いて作られた簡易スペースの前でジュリアが言った。

「ありがとう」

なんて気の利く部下だろうと私は感動する。ようやくリリアーナと二人きりの時間を得ることができそうだ。

もともと可愛い義弟のセドリックを置いて行く気はなかったし、王都に来るまで領地から出たことのなかったヒューゴを連れて来てやりたいという兄心は本物だ。だが、弟たちはお互いがいれば、仲良く遊んでいてくれるだろうという打算だって確かにある。

やっと今回の新婚旅行の最大の目的である、リリアーナとゆっくりのんびりイチャイチャが実行できるという期待に胸が躍る。

「奥様、絶対に日傘を下ろさないで下さいませ、奥様のお肌が日に焼けて真っ赤なんてことになったら、私はエルサに何をされるか分かりませんからね！」

アリアナが必死の形相でリリアーナの手に日傘を握らせて言った。リリアーナは「エルサは優しいから大丈夫ですよ」と言っているが、エルサが優しいのはリリアーナとセドリックにだけである。ヒューゴですらエルサを恐れているのだ。私だって怖い。

「では、行こうか、私の可愛い奥さん」

「は、はい」

いまだに恥じらう妻が可愛くて可愛くて仕方がない。衆目の環境なので、顔を引き締めるのに苦労しながら、リリアーナに腕を貸し、ビーチへと歩き出す。

富裕層向けの有料ビーチだけはあって、客層の品がいい。出ている出店も掘っ立て小屋ではなく、きちんと一軒一軒建てられていて、オープンカフェのような店もあった。

リリアーナは、きょろきょろと辺りを物珍しそうに見回している。

「何か気になるお店があれば寄ろう」

「いえ、なんだかすごいなぁと思いまして」

リリアーナが慌てて首を横に振り、ふふっと笑う。

「同じクレアシオン王国のはずなのに、まるで外国に旅行に来てしまったみたいです」

ふわふわと笑ってリリアーナは照れくさそうに首を竦めた。

――私の妻、世界一可愛い。

頭を抱えたくなるのをぐっとこらえて「そうか」となんとか返事をする。

こうして夫婦で長い時間ゆっくり過ごす機会は、私が記憶喪失になった休暇以来だ。でも、あの時はまだお互いに歩み寄り始めたばかりで、どこかよそよそしい空気があった。だが、今、リリアーナは私に全幅の信頼を寄せてくれており、腕に添えられた手にあの頃のような躊躇いはない。

一日目はほんの少し大通りを覗いただけ、二日目は造船所の視察、三日目の今、画家への挨拶を済ませてようやく、新婚旅行らしいゆったりとした時間を得られた気がする。だが、明日は私とエルサで決めたリリアーナを休ませる日なので、もっとゆっくり過ごせるかと思うと、無理やりにでも仕事を片付けて良かったと、徹夜をしていた私を褒めたい。頑張ってくれた事務官たちも褒めたい。彼らにもお土産を買って帰ろう。なんだったら彼らの家族の分のお土産も買って帰ろう。

「まあ、ウィリアム様、見て下さい。何かが歩いていています」

リリアーナが足を止めたので、自然と私の足も止まる。

リリアーナの足元に、小さなヤドカリがいた。三角の貝を背にしょって、トコトコと歩いている。

私はしゃがみ込んで、貝をつまんで拾い上げる。

「ヤドカリだよ」

にゅっと顔を出していたヤドカリだったが、慌てて貝の中に戻っていく。

「これがヤドカリですか？　本当に貝のお家に住んでいるのですね、可愛らしいです」

私の手元を覗き込むリリアーナのほうがヤドカリなんかより数万倍可愛い。

「ウィリアム様、セドリックにも見せてあげたいです」

「ふふっ、かまわないよ。きっと喜ぶ。何か入れ物があるといいんだが……」

「そこの可愛らしい新婚さん、よければこの帽子(ぼうし)をお貸ししよう」

すぐ近くのビーチチェアでくつろいでいた紳士(しんし)が顔の上に被(かぶ)せていた帽子を差し出している。私は、帽子の向こうに現れたその顔に頬が盛大(せいだい)に引き攣(つ)るのを感じた。

「ご親切にありがとうございます。ですが、おじ様のお帽子に砂が……あら、まあ！　お父様！」

金の髪(かみ)に緑色の混じるヘーゼル色の瞳(ひとみ)、そして、飄々(ひょうひょう)とした笑みを浮かべるのは、リリアーナがお父様と呼んで慕う——アルフォンスの従兄弟であり、現王の甥であるフックスベルガー公爵・ガウェイン殿だった。見れば彼の向こうには、ガウェイン殿の執事のジェームズがすまし顔で立っているではないか。

リリアーナの手が早々に私の腕から離れて、起き上がったガウェイン殿と挨拶の抱擁を交わしている。そしてリリアーナはそのままガウェイン殿の隣に座る。

「お父様、どうしてここにいるのですか？」

「いやぁ、たまたまこちらでの仕事があってね。遠いから断ろうとも思ったんだが、そういえば君が新婚旅行の期間だったと思い出してね。もしかしたら可愛い娘に会えるかもと思い、療養も兼ねて来たんだよ」

「療養？　またお加減がよろしくないのですか」

リリアーナが表情を曇らせる。

「いいえ、リリアーナ様。旦那様はとてもお元気ですが、休息はとても大事だと主治医に言われているので、こうしてのんびり過ごす休暇を定期的に設けているのですよ」

ジェームズがうさんくさい笑顔で言った。

いや、違う。絶っっ対に、ガウェイン殿はリリアーナと私がここにいるのを知っていて、来たに違いない。仕事なんて二の次だ。目的はリリアーナだ。

私たちの新婚旅行は、休暇届こそ出したが、安全の都合上、行き先を知るのは騎士団長

やアルフォンスといった極僅かな人間だけだ。

だが、ガウェイン殿には、リリアーナが話してもいいかと聞いてきたので、許可を出した。現に彼は、ラフなズボンにシャツと、夏の海を満喫する気満々の格好だ。

「いやはや、君たちの別荘に行くつもりだったが、まさかこんなところで会えるとはね」

ほら見たことか、別荘に来るつもりだったじゃないか、と私はガウェイン殿を睨むが、彼はどこ吹く風である。私の指につままれたヤドカリが、こころなしか更に一生懸命、貝の奥に引っ込もうとしている。

「ほーら、ウィリアム君、私の帽子に入れるといい」

「……ご厚意、心より感謝いたします」

私は引き攣る頬をなんとか笑みの形にもっていき、彼から受け取った帽子にヤドカリを入れる。

「イスターシャ様もご一緒なのですね」

リリアーナが、彼の膝の上にあったショールを指差して言った。そこには金色の癖毛の猫の刺繍が今日もちょこんと座っている。

「ああ。置いて行ったら、拗ねてしまうからね」

イスターシャ様は、ガウェイン殿の天国にいる最愛の奥様だ。そして、そのイスターシャ様を猫に例えてリリアーナがストールに施した刺繍は、二人の縁を、まるで親子のように深く繋ぐきっかけとなったものだ。

「私の可愛い娘、初めての旅行はどうだい？」

「とても楽しいことがいっぱいで、毎日、わくわくしています」

私には見せない幼い笑顔は、リリアーナが心からガウェイン殿を父と慕っているのが伝わって来る。一方、ガウェイン殿がリリアーナを見つめる眼差しは、私の父が私たち兄妹に向ける眼差しと同じ優しさに満ち溢れている。結果、私は当然のように黙っているしかない。

サンドラやアクラブから体を張って、リリアーナを護ってくれたガウェイン殿には心から感謝している。実父とは疎遠なリリアーナは、だからこそガウェイン殿を慕っているのも分かっている。

何、私は余裕のある男だ。港町ソレイユにはまだ一週間以上、滞在する予定なのだ。今日くらい大目に見てやるさ、とひとり頷く。

「お父様、よろしければお父様も一緒に散策をしませんか？」

「いいのかい？　夫婦水入らずだというのに、邪魔をしてしまうのは心苦しい」

「邪魔だなんてとんでもありません。ねえ、ウィリアム様？」

リリアーナが上目遣いで私を見上げる。

ああ、可愛い。私にはこの可愛い妻の願いを断る度胸なんてないのだ。

「もちろんだよ、私の愛しいリリアーナ。君がお父様と慕うガウェイン殿と一緒に歩けるなんて、私も嬉しいよ」

「ありがとうございます、ウィリアム様」

「ありがとう、ウィリアム君」

リリアーナは可愛らしい笑顔で嬉しそうに声を弾ませ、ガウェイン殿は、アルフォンスとよく似た人を食ったような笑みを浮かべている。

私も笑みを返したつもりだが、帽子の中で、やっと顔を出したヤドカリがまた引っ込んでしまった。

「そういえば、指輪、間に合ったんだね」

ガウェイン殿がリリアーナの左手を取る。夏の日差しを反射して二つの指輪がきらりと輝いた。

「だが……少し緩すぎないかい？」

ガウェイン殿が指輪がくるりと回ってしまったことに気づいて眉を寄せる。

「職人がサイズを間違えたようで」

「職人さんは、直すと言って下さったんですよ。でも、新婚旅行にどうしても着けていきたくて、我が儘を言ったのです」

リリアーナが慌てて弁明すると、ガウェイン殿はリリアーナの頭を撫でて笑った。

「ふふっ、そんなのは我が儘とは言わない。そうだろう、ウィリアム君」

「はい。私もそう言ったのですが、彼女は我が儘だと言うんですよ」

「おやおや」

私の返事にガウェイン殿は、可笑（おか）しそうに笑って優しく目を細めた。

「ところであちらからすごい勢いで、騎士が走って参りますが……侯爵様のお客様では？」

「は？」

ジェームズが私の背後を指差す。

振り返れば、この町を守護する第五師団の騎士がすごい勢いでこちらに走って来ている。

嫌（いや）な予感がする。可能ならば、リリアーナを抱き上げ、走って逃（に）げたい。

でも、もしかしたら私を探しているわけではないかもしれない。きっとそうだ。そうに違いない。

だが、私の願いもむなしく、騎士は私の目の前でつんのめるようにして止まった。はぁはぁと肩で息をしながら、勢いよく姿勢を正す。

「ス、スプリン、むがっ」

私は勢いよく片手で騎士の口をふさいだ。もう片方の手にある帽子の中でヤドカリが転がる。

「私的な旅行中だ、こんなところで呼ばないでくれ」

「し、失礼いたしましたっ！」

慌てて騎士が頭を下げる。

リリアーナが不安そうに眉を下げ、ガウェイン殿も訝しむようにこちらを見ている。

「それで、何の用だ」

「じ、実は……そのっ、あのっ……殿下の荷物の件で、お話がっ」

私は彼を見下ろしながら思わず目を細める。すると「ひっ」と小さく悲鳴を漏らした。

騎士として情けないにもほどがある。

「あの、大丈夫ですか、顔色がよろしくないです。ジェームズさん、この方にお飲み物か何か差し上げて下さい」

リリアーナが立ち上がり、私の隣にやって来て心配そうに騎士に声を掛け、ジェームズを振り返った。ジェームズは、私に「どうしますか」と目で尋ねてきたので、頷いて返すと、バスケットから水筒を取り出してカップに注いで騎士に差し出した。

「レモンを搾った紅茶でございます。この陽気でございますから、ぬるくなってしまっておりますが」

「申し訳ありません、あ、ありがとうございます」

騎士は、カップを受け取り一気に飲み干して、ふうと息をついた。そして、深呼吸をすると居住まいを正す。

　ガウェイン殿が「戻っておいで」と声を掛け、リリアーナが彼の隣に戻る。騎士はそれを目で見届け、ようやく口を開いた。

「ご報告がありまして、参りましたっ！」

「なんのだ」

「そ、その……」

　言いにくそうにもぞもぞしている騎士の姿に私の眉がぴくりと跳ねる。

「荷物が、盗まれまして……っ」

「…………は？　盗まれた？」

「ひっ」

　思いがけず出てしまった低い声に騎士が悲鳴を上げた。本当に情けないことこの上ない。これは一から鍛え直す必要がある。

「盗まれたって、先ほど殿下と……まさかアルフ様のお荷物が盗まれたのですか？」

　リリアーナが驚いて問い返すと、騎士は蒼い顔でこくこくと頷いた。

「それは、なんとも、まあ、大変だ」

　ガウェイン殿も呆気に取られている。

「どういうことだ、子細報告しろ」

「は、はいっ。そのお荷物は、閣下がこちらに到着する前日に港に着いたのですが、港の検閲所から騎士団への輸送中に、ぬ、盗まれまして……っ！」

「私がこちらに到着して既に三日が経過している。何故すぐに報告しなかった」

「申し訳ありません！　じょ、上官が襲撃にあった隊の者に口止めをしておりまして、私たちの隊も先ほど、別の上官から報告され、閣下を探していた次第であります！　該当部隊は、師団長により現在、拘束命令が下り、本所のほうで事情聴取が行われております！」

騎士が一気に告げて頭を下げた。

哀れなヤドカリが、帽子の中で心なしか怯えている。

アルフォンスの荷物は、王家に献上される体で持ち込まれたものではない。アルフォンスが、個人的に同盟国に頼んで輸入したものだ。

だが、それでもやはりそれは王太子の大事な荷物であり、よりにもよって中身は薬草と――毒草である。それがどういった効果のある草なのかまでは聞いていないが、毒草が犯罪者の手に渡っているのは、非常にまずい。その毒草で事件を起こされれば、アルフォンスの名誉に関わる上、下手をすると国際問題に発展しかねない。

だが、そう、だが。今は、可愛い可愛い愛する妻のため、無理を押してまで休暇を取得してやってきた新婚旅行中である。

ちらりと後ろを見れば、最愛の可愛い妻が心配そうに私を見つめている。

「………新婚旅行中だって、言っているだろうが……っ！」

「も、申し訳ありませんっ」

思わず本音が漏れてしまった私に騎士が平謝りする。リリアーナが再び隣にやって来て、私の手に触れた。

「ウィリアム様、アルフ様のお荷物に何かあっては大変です。どうぞ、私のことは気にせず行って下さいませ」

「だが、新婚旅行中に妻を置いて仕事など……」

「大丈夫だ、ウィリアム君。君が帰って来るまで、私がリリアーナの傍にいよう」

いけしゃあしゃあとガウェイン殿が間に入って来た。

「ヤドカリも私がセドリックの下に運んでおこう」

ひょいとヤドカリ入り帽子が彼の手に渡る。

私は、叫び出したい気持ちをこらえて、リリアーナに向き直る。

「管轄外だから、私はあまり口を出すわけにはいかない。だが、事が事だ。状況を把握し、指示を出したら、今日はいったん戻って来るから、それまでガウェイン殿と共にいてくれ」

「はい。あの、お怪我なさいませんように、行ってらっしゃいませ」

リリアーナが背伸びをして私の頬にキスをしてくれた。

どうして私がこんなに可愛くて健気な妻を置いて仕事に行かなければならないのか。

「……行ってくる。ガウェイン殿、向こうに護衛騎士のジュリアとマリオ、侍女のアリアナが待機しております。私の妻を、どうぞよろしくお願いします」

「ああ。君に代わって、私がリリアーナが寂しくならないように思い出を作っておくよ、大丈夫。さっさと行きたまえ」

「……お心遣い、大変、ありがたく存じます」

私は誠意を込めて返事をし、後ろ髪を引かれまくりながらもリリアーナの頬にキスをして、恐縮する騎士と共にソーレビーチを後にしたのだった。

「これがイスターシャ様の故郷のデストリカオ国の料理なのですか」
「ああ。そうだよ。ここは王国で唯一、デストリカオ国の料理を出してくれるお店でね、私の行きつけなんだよ。昔はよくイスターシャと来たんだ」
「そうなのですね。このお料理、お肉が軟らかくてとても美味しいです」
「口に合ったようで良かったよ。癖があるからどうかと思ったが、子どもたちも気に入ってくれたようだ」

もぐもぐと美味しそうに料理を食べるセドリックとヒューゴ様にガウェイン様の頬が緩みます。

ビーチでウィリアム様と別れた後、ガウェイン様が「君の安全が第一だからね」と言って、私たちはすぐにアリアナとジュリア様と合流し、皆で弟たちが波打ち際で遊ぶのを眺めて過ごしました。

お昼ご飯の時間になったのでビーチを後にして、こうしてガウェイン様のお気に入りだというレストランにやって来ました。

完全個室でバルコニー付きの広いお部屋からは青い海が一望できます。

港町らしい異国のお料理は、あまり食べたことのないハーブや香辛料が使われているようでしたが、どれもこれもとても美味しくて、少し食べすぎてしまいました。

お仕事中のウィリアム様より先に頂くのは申し訳なかったのですが、ガウェイン様にも説得され、弟たちにも説得され、こうして先に食事を頂きました。

「おじ様、お外に出てもいいですか？」

一足先に食事を終えていたヒューゴ様がガウェイン様に尋ねます。

「マリオ君とジュリア嬢と一緒ならね」

ヒューゴ様のおねだりにガウェイン様がそう返すと、ヒューゴ様は早速椅子から降りて、壁際に控えていたマリオ様とジュリア様に声を掛けて、バルコニーに出て行きます。

「セディ、食べ終わったなら、あなたも行ってきたらどうですか？」

少し遅れて食べ終わり、そわそわと親友の背中を見つめる弟に声を掛けます。

「いいの？」

「ええ、でも、落ちないように気を付けるのですよ」

「はーい！」

ぴょんと椅子から飛び降りて、嬉しそうにバルコニーへ駆けて行きます。ヒューゴ様がすぐに気が付いて何かを指差し、セドリックが覗き込んでいます。

「あの子も本当に表情が明るくなったね」

ガウェイン様の柔らかな眼差しが、はじけるような笑みを浮かべるセドリックを見つめています。

「ええ、本当に。ヒューゴ様とお友だちになってからはより一層、毎日が楽しそうで……ヒューゴ様には感謝してもしきれません」

「同年代の友人というものは、家族とは違った居場所になるからね。居場所、というものはいくつあってもいいんだよ。むしろ、いくつも作っておいたほうがいい」

ガウェイン様がグラスに注がれた水に口を付けます。

「例えば、今いる場所が苦しくなった時、逃げ込めるようにね。だから、リリアーナ、私の可愛い娘。ウィリアム君と夫婦喧嘩をしたら、いつでも我が家においで」

「まあ、お父様ったら」

からかうような言葉についつい笑ってしまいます。

ですが、緑色の混じるヘーゼル色の瞳がやけに真剣に私を見つめていて、続けようとした言葉を失ってしまいました。

「どれほど美しいドレスを身に纏っていても、その中身が清廉であるかは別の話だ。ましてや、美しければ美しいほど、毒を持っていることも多い」

「……どなたから、聞いたのですか？」

暗に社交界で私の悪口を言う方々を指しているのに気づいて、問いかけます。

「私は君よりずーっと長くこの世界に身を置いているんだよ。誰に聞かなくとも情報を集めるくらい、たやすいさ。第一線は退いたとはいえ、これでも外交官だからね」

ガウェイン様がそう言って手に持っていたグラスをテーブルに戻します。

「これは私の推測だが、君はウィリアム君の元婚約者のことや夫婦関係をあれこれ言われるより、実家の……エイトン伯爵オールウィン家の話を持ち出されるほうがこたえているのではないかと思ったんだよ。それを引き合いに侯爵家を馬鹿する者もいるだろうし、いまだそこに籍を置き、これからその家を背負って立つ、セドリックを想ってね」

「…………お父様は、何でもお見通しですね」

「私は自他共に認めるリリアーナのお父様だからね」

私は、自分の手元に視線を落とし、結婚指輪にそっと撫でるように触れました。

「お父様、私はあの子に……あの家を背負わせて良いのでしょうか」

私たち姉弟の実父の代で貴族としてほとんど機能しなくなり、多額の負債だけを抱えたエイトン伯爵オールウィン家。

スプリングフィールド侯爵家は、人々の尊敬を集め、信頼も厚い家です。その家の名に守られることがどれほど安心することか、私は社交界に出てまざまざと実感しました。陰口や悪口は言われます。ですが、それ以上のことをスプリングフィールド侯爵夫人である私に、彼女たちは何一つできないのです。

「セドリックは、いつかウィリアム様の守護の下から飛び出して行くでしょう。でも、その時、あの家はあの子を守る盾にも剣にもならないのではないかと思うのです。むしろ、ただ重く、煩わしく伸し掛かるだけでないかと」

実父と継母だったあの人の評判が貴族社会でいかに悪いかというのは、社交界に出ればすぐに分かります。

「……それはまあ確かに君たちのご両親はあまり評判の良い人々ではなかったね。強欲で傲慢で、自分のことしか考えていない人々だった」

ガウェイン様が静かに言葉を紡ぎます。

「だが、貴族の血筋というものは脈々と紡がれてきたものだ。現に先代のエイトン伯爵は人格者で素晴らしい人で、文官としてとても優秀だったよ」

「祖父をご存じなのですか？」

「狭い貴族社会だからね。君の顔も見られず流行り病であっけなく逝ってしまい、どれほど惜しまれたことか。セドリックは、父親の面影はなく先代によく似ている。それはきっと、あの子の助けになるだろう。脈々と続く血筋だからこそ、守ってくれるものがあるのだよ。それに君が想うより、セドリックはしっかりしているよ」

「私が過保護すぎるのでしょうか。お義母様も、ウィリアム様もそう言うのです」

「ははっ、君はセディの母親のようだからね。でもそれでいいと思うよ。母の愛は、いつだって子どもにとって何よりの支えとなる」

　きっと、結婚する前の私ではガウェイン様の言葉は分からなかったでしょう。ですが、私が辛い時、傍で支え続けてくれたエルサの愛情、お義母様の包み込むようにやわらかな愛情を知っている今の私は、なんとなくお父様の言葉の意味が分かるような気がしました。

「なら私が、父親としての愛情をセディにあげよう」

　肩に触れた手に顔を上げると、ちゅっと額にキスが落ちてきました。

「ウ、ウィリアム様！」

「ははっ、ただいま、リリアーナ」

「お、おかえりなさいませ」

反射的に挨拶を返すと、いつの間にか私の隣に用意されていた椅子にウィリアム様が腰を下ろしました。

「おや、随分と早いね。解決したのかい？」

「まさか。ここは第五師団の管轄で、第一師団長である私が勝手に指揮を執るわけにはいきませんから、情報の把握と王都からの第一師団の精鋭を援軍として頼んだので、協力して事件を早急に解決するように言い聞かせてきただけです」

「おやおや、王都から援軍とは。第五師団として随分と面子を傷つけられたことだろうね」

ガウェイン様が喉を鳴らすように笑います。

「それは自業自得です。この一、二カ月、一向に事件を解決できていない。騎士として怠慢にもほどがあります。ここは王家直轄領であり貿易の要、このような体たらくではいずれ外交問題になりかねませんから。どのみち、王都に戻り次第、師団長会議を開いて第五師団の進退を決めることになるでしょう」

「まあ、そうだろうね。私の従兄弟殿も荷物が盗まれたことより、あろうことかその事実を隠蔽しようとしたことに怒りそうだ」

「全くですよ」

ウィリアム様が、重いため息を吐きました。

アリアナに目配せをすると、すぐに冷たいお水を持って来てくれ、グラスに注がれたそれを受け取りウィリアム様に差し出します。

「どうぞ、落ち着きますように」

「ありがとう、リリアーナ」

ウィリアム様は、私からグラスを受け取ると一気に飲み干しました。

「ウィリアム君、何か食べるかね」

「では、お言葉に甘えて。昼食がまだなんです」

ガウェイン様の言葉にウィリアム様が答えます。ガウェイン様がベルを鳴らすとウェイターさんがやって来て、ガウェイン様が注文をしました。

「イスターシャ様の故郷のお料理なのですよ。とても美味しかったです」

「そうか。私もデストリカオ国の料理は初めてだ。楽しみだな」

ウィリアム様が顔を綻ばせます。

「ソレイユは、港町だけあって色々な国の料理が楽しめる。後で他のおすすめを教えよう」

「ありがとうございます、お父様」

「ふふっ、いいのだよ、リリアーナ。私はもう少ししたら、失礼するよ。ウィリアム君が帰って来たのなら、仕事に行かないとね」

「外交のお仕事ですか？」

「ああ。昔からの古い知り合いで、私をご指名でね。体を壊してから第一線を退いたとはいえ、たまに仕事をしないとだらけきってしまうから、丁度いいよ」

ガウェイン様がそう告げて立ち上がるのと同時にお料理が運ばれてきました。

「私は、子どもたちと外の風を浴びてくるよ。時間の許す限り楽しむといい」

そう告げてガウェイン様はバルコニーへと行ってしまいました。子どもたちがガウェイン様に教えられウィリアム様がいることに気づくと、嬉しそうに手を振り、ウィリアム様も手を振り返します。

ですが、すぐに何か他の物に興味を引かれたのか、弟たちの視線は別のところに行ってしまいました。

「ああ、美味しそうだな」

「たくさん、食べて下さいね。このお肉のお料理、とても美味しかったですよ」

「では、それから頂こう。…………むっ、本当に美味しいな」

ウィリアム様があまりに美味しそうに食べるのがなんだか楽しくて、私はにこにこと愛する旦那様の食事を眺めるのでした。

私たちは、レストランでガウェイン様と別れて、ブリエ市場へとやって来ました。

カラフルな布のひさしがお店の前にせり出して身を寄せ合うようにして広い通りの両側に並び、その下では様々な野菜や果物、港町らしく魚介類(ぎょかいるい)も豊富に並んでいます。また広い通りの真ん中には、木組みの屋台が並び、そこも簡易のお店になっていました。

「お兄様、ここがブリエ市場？」

ウィリアム様と手を繋ぐヒューゴ様が辺りをきょろきょろと見回しながら尋ねます。

「ああ。この港町ソレイユに暮らす人々の食糧庫(しょくりょうこ)と言われているんだよ」

初日に訪(おとず)れた大通りは観光客をターゲットとしたお店が並んでいたので、私たちのような町の外から来た人々がほとんどでしたが、ここはウィリアム様の言葉通り、この町で暮らす人々が大勢訪れていて、驚くほど賑(にぎ)やかです。

店先で値切り交渉(こうしょう)をする奥さん、元気よく走り回る子どもたちははじけるような笑顔で、香辛料の量り売りをする店主のおじさんの手際(てぎわ)は見事です。

ウィリアム様はヒューゴ様と手を繋ぎ、その後ろを私はセドリックと手を繋いで歩いて行きます。アリアナは私の隣に、マリオ様とジュリア様は私たちの後ろにいます。

「ヒューゴ、ここで迷子になったらさらわれることもあるから絶対に私の手を離すなよ」

「はーい。お兄様も迷子にならないようにね」

「……ああ」

ウィリアム様が力なく眉を下げて頷く姿に、くすくすと笑いを零すとセドリックが私の手をぎゅうと握り締めました。

「姉様も、僕から離れちゃだめだよ。姉様は綺麗で可愛いから、危ないよ」

「はい。気を付けます」

至極真面目な顔でセドリックが言うので、私も真面目に返します。

ついつい過保護になりがちな私ですが、最近、セドリックも私に対して過保護なのではと思ってしまいます。

「義兄様、何か買うんですか？」

セドリックがウィリアム様の背に問いかけます。ウィリアム様が首をひねって顔だけこちらに向けました。

「港町であるソレイユと王都では、売っているものも大分違うんだ。鮮度の問題で、ここでしか販売できないものもある。明日は別荘でのんびりする予定だから、何か食べてみたいものや興味があるものがあれば買っていこうと思ったんだよ。セディも好きなものを買うといい」

「はい！　ありがとうございます、義兄様」

セドリックが嬉しそうに頷いて、ウィリアム様も優しく目じりを下げます。この優しい顔が私はとびきり大好きです。

「それにしても本当に賑やかだな」

「ええ、本当に。王都にも市場はあるのですか？」

「あるよ。でも、魚介類はここまで新鮮なものはないな」

「海に近いからこそなのですね」

他愛のない話をしながら、私たちは市場を進んでいきます。

「あらあら、お人形さんみたいな人だねぇ」

柔らかな声に足を止めると、色とりどりの果物が並ぶ台と台の間に小柄なおばあさんがちょこんと椅子に腰かけていました。おばあさんの後ろには、一段上に住居スペースがあって、開いたままの引き戸の向こうにキッチンが見えました。

私が足を止めたので、ウィリアム様たちの足も止まります。

「こんにちは、おばあさん、ここは果物屋さんですか？」

にこにこと優しい笑顔に惹かれて思わず声を掛けると、おばあさんは「ええ、ええ」と頷いて、果物のほうに顔を向けます。

「たくさんあるだろう？　これはこの町をもう少し南に行ったところで栽培されている、桃だよ。甘くて美味しいよ。他にも保存の利く果物は、船で遠くからやって来るんだよ。それにしても綺麗だねぇ、お洋服も綺麗でお人形さんみたいだねぇ」

「あ、ありがとうございます」

おばあさんがお世辞でもなく、本心で言っているのが伝わって来て、なんだかとても気恥ずかしいです。

「ふふっ、おばあさんは見る目がある」

「そうかいそうかい。おやおや、王子様みたいに格好いい人だねぇ」

おばあさんにそう言われたウィリアム様がなんとも言えない顔をします。きっと、王子様みたいと言われた彼の脳裏には、アルフォンス様が浮かんでいるのでしょう。

「リリアーナ、果物が好きだろう？　何か買うかい？」

「よろしいのですか？」

「もちろん。好きなものを買うといい。おばあさん、配達はやっているか？」

「ええ、やっていますよ。うちは有名なレストランにだって果物を卸しているんですから。私は足が悪いから行けないけれど、息子か孫が行きますよ」

「そうか、ならたくさん買ってもいいぞ、リリアーナ。ヒューゴとセディも、アリアナたちも好きなものを買っていい」

「本当ですか！　私、このドリアンなるものを一度は食べてみたいと思ってたんです！」

食べることが大好きなアリアナが真っ先に指差したのは、奥のほうに飾られていたセドリックの顔くらいありそうな大きな果物で、なんだかとげとげしています。

「それ、とっても酷い臭いだって聞いたけど」

ジュリア様が引き気味にドリアンを見ています。

「ええ、ですが、とっても美味しいとも図鑑には書いてありまして……」

「きゃぁぁああ！」

その時、絹を裂くような悲鳴が聞こえて、次いでガッターンと何かが倒れる音が聞こえました。

音がしたほうに顔を向けると、数人の男性が二軒隣の店先で殴り合いの喧嘩をしていました。彼らの足元には商品だったはずのピーマンやニンジンが転がり、トマトが潰れて飛び散っています。悲鳴や子どもの泣き声が一気に広がって、眩暈がしそうです。

「お、お兄様、あそこ！」

ヒューゴ様がウィリアム様の腕を強く引いて、指差した先を見て、私は息を呑みます。

「子どもが……！」

大乱闘を繰り広げる男性たちの傍で小さな子どもが声を上げて泣いていました。まだよちよち歩きの年齢で、大きな音に驚いて屋台の前で座り込んでしまっています。その屋台は瓶詰のジャムが積み上げられていて、万が一、崩れれば大惨事です。

「マリオ、ジュリア！　リリアーナたちを頼む！　すぐにこの場を離れろ！」

ウィリアム様がヒューゴ様の手を放して駆け出します。

「僕も行く！」

「ヒューゴ様は行かなくていいんです！」

ウィリアム様が駆け出すと一拍遅れてヒューゴ様も駆け出し、マリオ様が慌てて追いかけます。

ウィリアム様がジャムの屋台に駆け寄り、子どもを抱き上げ、投げられて飛んで来た男性を避けるように跳びのきます。積み上げられたジャムの瓶に男性が突っ込み、けたたましい音を立てて瓶が散らばりました。

「ウ、ウィリアム様！」

「奥様、師団長は絶対に大丈夫ですので、今はこちらに！」

「いたっ！」

その声に目を向ければ、おばあさんが椅子から崩れ落ちるところでした。

「お、おばあさん！」

おばあさんが手で押さえる額から赤い血が垂れて来て、思わず膝をついて手を伸ばします。

「だ、大丈夫、石か何かがぶつかっただけ。お逃げなさい……」

そう言って、私を押し返そうとするおばあさんの左のこめかみから血が次から次へと溢れてきます。

「いけません、血が……っ」

私は咄嗟にポケットからハンカチを取り出しておばあさんのこめかみを押さえます。

「奥様！　危ない！」

ジュリア様が店先にあった立て看板を手に私の前に出ます。看板にコツン、コツンと石のぶつかる音がしました。

「アリアナ、奥様をとりあえず店の中に！」

「はい！　奥様、お店の中に、おばあさんは私が運びますから！」

「姉様、早く行こう！　アリアナ、こっち、店の奥に！」

アリアナがおばあさんをひょいと抱え上げ、セドリックが店の奥を振り返り、指差しながら、もう片方の手を私に差し出しました。

私は、血で汚れたハンカチを握り締めたままの右手ではなく、左手をセドリックに伸ばしました。

不意にどこからともなく伸びてきた何者かの手が私の左手を掴みます。びちゃり、と濡れた布が私の手を包み込んで、すーっと離れていきます。

「え」

それは、本当に一瞬のような出来事で、私は私の手を取った人が誰かも分かりませんでした。

「待て、貴様！　セドリック様、早く、奥様を中に！　マリオ殿！　盗人です！」

ジュリア様の怒声にセドリックが、私の手首を摑んで立ち上がらせると店の中へと走り出し、足をもつれさせながら私も小さな背に続きます。

靴のまま一段ほど高くなっている住居スペースに上がり、座り込みます。アリアナがおばあさんを床に座らせ、セドリックがお店とこちらを仕切る引き戸を閉めました。

心臓がバクバクして、息切れがします。

アリアナがおばあさんを壁に寄りかかるようにして座らせて、額にハンカチを当てていました。

私は、誰かに摑まれた左手に視線を落とします。何かの液体で濡れていますが、幸い痛くもかゆくもありません。右手の指で触れるとぬるぬるとしていました。気のせいでなければ、オリーブの匂いがします。

「オリーブ油……でしょうか……あ」

そこで私はようやく、薬指が空っぽになっていることに気が付いたのです。

「指輪が……っ！」

辺りを見回しますが、当然、そこら辺に転がっているわけもありません。

咄嗟に首のサファイアのネックレスを探して握り締めました。これは盗られなかったことに安堵してもすぐに心は不安に覆われて身動きが取れなくなります。

あの一瞬の隙に抜き取られたのだと、この油は滑りを良くするためだったのだと遅れて

理解します。

「姉様、大丈夫。ジュリア様が追いかけてくれたよ、だから、大丈夫、ね？」

セドリックが私の手を取り、宥めるように告げます。小さな手を握り返して、私はなんとか顔を上げました。

「アリアナ、僕が傷口を押さえるから、お水とか用意して姉様の手を洗ってあげて」

「はい、セドリック様。おばあさん、一度放しますね」

「大丈夫、自分で押さえられるよ。すまないね」

「おばあさん、僕とお話ししていましょう。でも、急に眠くなったり、頭が痛くなったりしたら、すぐに教えてね」

「ああ、ありがとう」

そう言ってセドリックがおばあさんの隣に座ります。ぽつぽつと言葉を交わす二人の横で、私は動揺から立ち直れないままアリアナが私の手を洗うのを呆然と見つめていたのでした。

「申し訳ありません。護衛騎士失格です」

ジュリアとマリオが深々と頭を下げる。

私――ウィリアムは、リリアーナと弟たちを別荘に送り届け、市場近くの騎士の詰所に来ていた。私の顔を見た途端、現場で事後処理にあたっていたマリオとジュリアが深々と頭を下げたのだ。

「リリアーナや弟たちに怪我はなかった」

とはいえ、リリアーナは酷いショックを受けて、別荘に着いた途端に気を失って、倒れてしまった。主治医のモーガンと、話を聞いて大急ぎで戻って来たエルサとフレデリックに後を任せ、私はこうして詰所に来たのだ。

「ですが、奥様の大事な婚約指輪と結婚指輪をまんまと盗られてしまいました」

「ここで頭を下げ続けていても、指輪は戻って来ない。それより、詳細を報告しろ」

私は詰所のデスクに寄りかかりながら言った。

だが、ジュリアとマリオは相当落ち込んでいるのか顔を上げないまま報告を始めた。

リリアーナを護衛する人間全員の手が塞がり、視線が外れた一瞬の隙をつかれたこと。

犯人は、若い男で足が速く、町を熟知している様子だったこと。そのため、路地裏に逃げ込まれて、撒かれてしまったこと。

「喧嘩を始めた男たちも忽然と消えちまった。おそらく最初からリリアーナ様の指輪を狙った計画的な強盗だったんだ」

マリオが苦々しげに言った。

「私もそう思うよ。私が救助した子どもは別の場所でさらわれていたのではないかと思っている。まだ一歳半くらいなのに母親や父親が傍にいなかったことがおかしい。両親がいなくても乳母や子守がいるはずなのに、子どもの名前を呼ぶ者が、あの場に誰もいなかった」

私は、駆けつけてきた騎士に喧嘩の仲裁を任せて、すぐに私を追いかけてきたヒューゴと共にリリアーナの下に行った。

リリアーナは、茫然とした様子でアリアナに手を洗われていたが、私の顔を見た途端、ボロボロと泣き出してしまったのだ。

子どもをアリアナに任せて、指輪を盗られたことを何度も謝るリリアーナを宥めて、顔を出した騎士に馬車を二台、用意させ、子どもと怪我をしたおばあさんをもう一台の馬車で医院に連れて行くように命令し、市場を離れた。

「本っっ当に、第五師団はたるんでいる」

そうして私が別荘に行き、マリオとジュリアが指輪を盗んだ男を追いかけている間に、第五師団の騎士たちは喧嘩をしていた男たちにまんまと逃げられたのだ。

騎士たちは詰所に常駐させなければいけない最低人数の二名を残し、残りは蒼い顔で町中を探し回っている。隣の部屋でその二名も今は蒼い顔をしているだろう。

「マリオ、ジュリア。もう管轄外だとか、面子の尊重だとかそんな気遣いは一切、いらん。王都から間もなく到着するだろう者たちと共に、徹底的に盗賊団を探れ」

二人がようやく顔を上げて「はっ！」と力強く騎士の礼を取る。その顔には、悔しさと覚悟がありありと浮かび上がっていた。

リリアーナの体力に合わせて私たちは王都からやって来たので、馬車での移動時間は四日間とかかったが、鍛えられた騎士たちなら馬で駆けて二日もかからずに着く。故に援軍も明日にはこちらへ到着するだろう。

「リリアーナはしばらく別荘にいてもらう。我々の動きを監視している者がおそらくいるだろうから、それも探る。……これはあくまで私の推測だが、その盗賊団に加わったという頭の切れる奴、というのは私を知っているのではないかと思う」

「師団長を……ですか？」

「ああ。だからこんなにも派手に騒ぎを起こして、わざわざリリアーナの指輪を盗んだのだ。昨日、造船所に私たちが視察に訪れた時点で、多少、私が――スプリングフィールド侯爵家が訪れていることは噂になっていたかもしれないが、市場を訪れたのは偶然だ。だというのに手際が良すぎる」

「……この、人を操る巧妙な手口、あいつが――黒い蠍の首領が関わっている可能性は？」

マリオが慎重に口を開く。

私は眉間の皺をほぐしながら答える。

「ゼロ、とは言えない。現状、アクラブは国外に逃げたようだと報告を受けているが、あの男の尻尾を掴んだ者は、誰もいない。国内にいても、おかしくはないだろう。それに……あいつはどうしてか、私の愛しい妻に執着しているからな」

「奥様のお母様のご実家であるエヴァレット子爵家にも音楽家として潜り込んでいましたから……。あの時、私がもっと早くあいつの化けの皮を剝いでいれば……っ」

ジュリアが拳を振り上げるが、行き場を失い、悔しさを潰そうとするかのように握り締められた。

「まずは、二人とも市場で民間人への事情聴取を頼む。それ以降は、ジュリア、とりあえず援軍が到着するまで、君はここ一、二カ月の盗賊団が関わっていたと思われる盗難事件の資料を揃えておいてくれ。マリオ、お前は諜報部隊として、盗品の販売ルートに探りを入れろ。……すまないが、私は今日はいったん、別荘に引き上げる」

「むしろ、そうしてくれ。リリアーナ様の傍にいてあげてくれ」

懇願するような言葉に私は「分かったよ」と返し、寄りかかっていたデスクから離れる。

「何かあればすぐに報告を。市場通りで騒ぎが起きた時点で、私がここにいるのはすぐに知れ渡るだろうから、私の名前も自由に使っていい。だから、何が何でもリリアーナの指輪と……ついでにアルフォンスの荷物も取り返す」

「もちろん」

「この剣に誓って」

力強く頷いた二人の肩をぽんと叩いて、私は詰所を後にした。

「姉様、泣かないで、大丈夫だよ、すぐに義兄様が見つけてくれるよ」

「そうです、オレのお兄様は国一番の騎士様だもん。それにそんなに泣いたら、目が溶けちゃいますよ」

聞こえてきた弟たちの声に談話室の扉をノックしようとした手が止まる。

「ですが……ウィリアム様が下さった指輪を、盗まれてしまうなんて、妻失格です……っ」

涙で震える声が聞こえて、止まっていた手を動かしノックをし、返事を待たずにドアを開ける。

部屋の中にいた者たちの視線が一斉に向けられたのに、エルサに抱き締められるリリアーナだけが両手で顔を覆ったままだった。

「お兄様、指輪は？」

駆け寄って来たヒューゴの頭を撫で「すまない。まだだ」と返し、ソファに座るリリアーナの下に行き、隣に腰かける。弟たちが背凭れのほうに回って、セドリックが背凭れ越しに姉の背を撫でる。

「リリアーナ」

声を掛けるがリリアーナは私から逃げるようにエルサの胸に顔をうずめてしまった。

私を見るエルサの目が氷のごとく冷たい。

いや、分かる。エルサは正しい。護衛騎士であったマリオとジュリアが傍にいた云々の前に、私が傍にいたのにこの体たらくである。まんまと相手の罠にはまってしまった私にエルサの冷たい眼差しは向けられて、当然である。

「旦那様。貴方がお傍にいながらどういうことですか」

「返す言葉もない。私が」

「ウィリアム様は悪くありません……っ、こ、子どもの命を助けたのです……っ」

リリアーナがエルサの胸に顔をうずめたまま、私を庇うように言葉を紡ぐ。

きっと、私が悪いと言えば、優しい妻はその言葉に傷付いてしまうのだと気づいて、言葉に詰まる。

「……緩いと分かっていたのに、私が……我が儘を言って着けてきたのがいけなかったのです……。申し訳、ありません、ウィリアム様っ」

「リリアーナ、謝る必要はない」

「そうですよ、奥様。悪いのは盗んだ者で、奥様ではありません」

エルサがきっぱりと言い切った。

「……エルサの言うとおりだ。それに今、全力で捜査に当たっているよ。王都からの精鋭部隊もそろそろ到着するだろうから、皆で協力して必ず取り返すよ」

私の言葉にようやくリリアーナが顔を上げてくれた。おいで、と腕を広げれば、勢いよく飛び込んで来て、その華奢な体を抱き締める。

「ほら、リリアーナ。もう泣き止んでくれ。私は怒っていないし、指輪が盗まれたのは君のせいではない。……そうだ、帰って来る前に医院に顔を出してきたんだ」

リリアーナがおずおずと顔を上げた。

星色の瞳が涙でうるんで、ぽろぽろと零れていく涙はとても綺麗だが、彼女には笑顔のほうが似合う。私は、ポケットからハンカチを取り出して、その涙を拭う。

「お、おばあさんのお怪我は？　子どもも……」

こんな時でも他人の心配をするリリアーナの優しさは眩しい。

犯人は、きっと目の前で老婆が怪我をすればリリアーナが手を差し伸べると分かってやったのだ。あのおばあさんも、巻き込まれた被害者の一人だ。

「おばあさんは手当てをしてもらって、頭だから一日だけ様子を見るために入院するそうだ。でも異常がなければ明日には帰れるそうだよ。子どももご両親が迎えに来ていたから、大丈夫だ」

「……よかった……っ」

ぽろぽろと涙を零しながらリリアーナが呟いて、再び私の胸に顔をうずめてしまった。

「リリアーナ、どうか我が儘だなんて言わないでくれ。私は、控えめであまり自分の望みを言ってくれない君が私との結婚指輪をどうしても着けていきたいと言ってくれて、嬉しかったよ。前にも言っただろう？　君の気持ちに素直でいいんだよ」

リリアーナの手が私の服をぎゅっと握り締める。それに応えるように、彼女の華奢な背をあやすように撫でて、つむじにキスを落とす。

「セディ、ヒューゴ。少し、リリアーナを休ませる。エルサ、何かリラックスできる香を焚いてくれ。アリアナは、弟たちの傍にいてやってくれ」

「分かりました。行こう、セディ」

「……う、うん」

ヒューゴが後ろ髪を引かれるセドリックの手を取り、アリアナと共に部屋を出て行く。アリアナも傍にいながら防げなかったことに落ち込んでいるのか、いつもより表情が暗かった。

「寝室の仕度を整えて参りますので、少々お待ち下さい」

エルサも一礼して部屋を出て行き、二人きりになる。

私は、よいしょとリリアーナを抱え上げて、膝に横抱きにするようにして乗せる。

「リリアーナ、あまり自分を責めないでくれ。大丈夫、絶対に私が取り戻して来るから」

額にキスをして、零れ落ちた淡い金色の髪を小さな耳に掛ける。

しかし、リリアーナは泣き止まない。もしかしたら、彼女自身、涙の止め方が分からなくなっているのかもしれない。

これまで何度かリリアーナが泣いている姿は見たことがあるが、こんなにも取り乱して、涙を零している姿を見るのは初めてだった。

「明日は、ここでゆっくり休んで、心と体を落ち着けよう」

エルサが戻って来て、私を見て頷いた。部屋の仕度が整ったようだ。

「さあ、リリアーナ。少し部屋で横になって休もう」

膝の上のリリアーナをそのまま横抱きに抱え上げる。相変わらず軽すぎて心配になる。

廊下を抜けて寝室へ入ると、ふわりとラベンダーの匂いが優しく香った。

すすっと寄って来たエルサがリリアーナの靴と靴下を脱がせた。それに礼を言って、リリアーナをそっとベッドに下ろす。

「お水はそちらに用意しておきました。お湯が必要であればベルで呼んで下さいませ。それでは、失礼いたします」

「ああ。ありがとう」

エルサは一礼すると寝室を出て行った。

私は、ジャケットを脱いで、部屋のソファの背凭れにかける。靴と靴下を脱いでベッドに上がり、リリアーナの隣に寝ころんだ。

リリアーナは、ころんと私の腕の中にやって来てぴたりとくっついてくる。

「大丈夫だよ、リィナ」

淡い金の髪を撫でながら囁くと、リリアーナはぐすんと鼻を啜って頷いた。

それからしばらくして、なんとか涙と呼吸が落ち着いてきたらしいリリアーナは、疲れたのだろう。うとうとしている。

「眠っていいよ。夕食の時間になったら起こしてあげるから」

私がそう声を掛けると限界だったのか、星色の瞳は瞼の裏に隠れてしまう。

「今は何も考えずに眠るといい。私の愛しい、リィナ」

そう囁いて、私はリリアーナの頬をそっと拭う。

「何か……こう、ないものだろうか。指輪の代わりに彼女の心を軽くできるような何かが」

細い左手を取り、薬指の付け根を撫でながら、私は頭を悩ませる。

新しい指輪を見繕ってくるか、いや、それではリリアーナは落ち込んでしまうだろう。

私が指輪を取り返して来るのだから、見つかった時、簡単に外せるようなものがいい。いっそくるりと巻けるような。

そこまで考えて、私の中で妙案が浮かぶ。

「マリオ、いや、マリエッタなら持っていそうだな。後で聞いてみよう」

我ながら素晴らしいアイデアだと自画自賛しながら、私はリリアーナの背を優しく撫でるのだった。

第四章　言葉に潜む嘘と本当

「参ったな」

朝刊を広げたウィリアム様が眉を下げました。

私は食後の紅茶に伸ばしかけていた手を止めて「どうされました」と首を傾げます。ウィリアム様が朝刊の一面を私に見えるようにして差し出しました。

「……まあ」

「どうしたの、姉様……あ」

私の横の席に座っていたセドリックが、椅子から降りて新聞を覗き込んで目を丸くしています。ちなみにヒューゴ様も今日は珍しく起きられたようで、向かいの席にマリオ様と並んで座っています。

「……『スプリングフィールド侯爵夫人、結婚指輪を盗まれる！』」

私から新聞を受け取ったセドリックが大きな見出しを読み上げます。

そこには、昨日の市場で起きた事件が事細かに書かれていて、ウィリアム様が子どもを助けたことも、私の二つの指輪が盗まれたことも書かれていました。

私は空っぽの左手の薬指に視線を落とします。

昨日は、散々泣いて皆に迷惑と心配をかけてしまいました。今も、多少は落ち着いたとはいえ、思い出すと泣きそうです。そんな時は、青いサファイアのネックレスを握り締めてなんとか耐えます。

「王都の新聞社であれば、掲載前に許可を請うてくるんだがソレイユの新聞社は私に許可を得ようという気がなかったようだ。フレデリック、厳重に抗議を入れておいてくれ」

ウィリアム様が重苦しいため息を零します。傍らに控えていたフレデリックさんが「かしこまりました」と頷き、ダイニングを出て行きます。

「こりゃ、騒ぎになるぜ」

マリオ様がティースプーンを片手に口を開きました。

マリオ様とジュリア様は、最初は私たちと同じ席に座ることを遠慮したのですが、ウィリアム様が同じ貴族籍だからかまわんと言ったので、こうして共に食事をとっているのです。ジュリア様はセドリックの隣にいます。

「来ているらしい、という噂だった侯爵夫妻が確実に来ているとなりゃ、お近づきになりたい客が来るんじゃゃねーの？」

「その通りだ。今日から捜査に出るつもりだったが、私も家にいたほうがいいだろうか」

「お兄様は、お義姉様の指輪を早く悪い奴らから取り返してきて下さい！　お義姉様が泣いてると、お家に帰った時にお母様に怒られますよ！」

ヒューゴ様の言葉にウィリアム様が目を瞬かせます。

「オレだってスプリングフィールド侯爵家の男です！　だから大丈夫です！」

そう言ってヒューゴ様は、どんと小さな胸を叩きました。

「坊ちゃま、大変立派なお言葉でございますが、寝癖を直してからご朝食の席についていれば、尚、素晴らしいお言葉でございました」

エルサの言葉にヒューゴ様は両手でぴょんぴょんと跳ねる髪を押さえて、なんとか寝癖を直そうと試み始めました。

エルサは、結局、三日間あったはずのお休みを撤回して、私の傍にいることを選んでくれました。休んでも大丈夫だと言ったのですが、頑として聞き入れてくれませんでした。

「義兄様、僕からもお願いです。姉様の指輪、早く取り返してほしいです」

セドリックが躊躇いがちに言いました。

「……分かった。確かに指輪を取り戻すのは私にしかできないことだな。…………だが、昨日の今日で、私は愛しい妻も心配なんだ」

青い瞳が私をじっと見つめます。まだ少し赤いままの目元を隠すように私は俯きました。

「旦那様、お客様でございます」

先ほど出て行ったはずのフレデリックさんの声がして、ドアのほうを振り返ります。

「は？　朝一で？　一体誰」

「リリアーナ！」

フレデリックさんの後ろに立っていたのは、ガウェイン様でした。

ガウェイン様は「リリアーナ」と私を呼びながら傍にやって来ます。

「朝刊を読んで驚いたよ。私の可愛い娘が心を痛めているのではないかと思って、連絡を入れるのも忘れて来てしまった」

フレデリックさんがすっと私の傍に用意した椅子に座りながらガウェイン様が心配そうに言葉を紡ぎます。

「可哀想に。まだ目元が腫れているじゃないか、私の娘を泣かすなんて酷い奴らだ」

いつも穏やかなガウェイン様が珍しく眉を吊り上げて、私の目元に触れました。

温かい手になんとか我慢できていたものが溢れて来て、ぽろぽろと涙が零れ始めてしまいました。

「お、お父様ぁ……っ」

「ああ、ああ、可哀想に、私の可愛い娘」

その胸に飛び込んだ私をガウェイン様が優しく抱き締めて、背中をさすってくれます。

「ウィリアム君、朝食を終えたのならぼさっとしていないで、さっさと行って解決してきたまえ。私の名前も好きに使うといい。外交官としてこの町はかなり利用していた。だから君よりソレイユでは顔が利くからね」

「……ありがとうございます、ガウェイン殿。必要な時は、ありがたく使わせていただきます」

「君の代わりに留守の間は、私がリリアーナや子どもたちの傍にいよう」

「ははは っ、とても心強いです。ですが、お仕事があるのでは？」

「そんなものは昨夜終わらせてきたよ。後は休暇だ、なあ、ジェームズ」

「はい。当面、旦那様に予定はございません」

ガウェイン様の執事であるジェームズ様が冷静に答えます。

「お、お父様がいて下さるなら、安心です」

ウィリアム様が傍にいないのは、やはり昨日の今日で不安です。でも、お父様がいて下さるのなら、心強いです。

私はなんとか涙を拭って顔を上げます。

「ウィリアム様、お父様がいて下されば安心できますでしょう？　指輪もですが……何より、アルフォンス様の大事なお荷物を取り返しに行ってきて下さいませ」

ウィリアム様は、なんとも言い難いような顔をしていましたが、食後の紅茶を一気に飲み干すと立ち上がりました。

私もお父様に断って、立ち上がりウィリアム様の下に行きます。

「リリアーナ。やはりしばらくは町に行くのは危険だから、ガウェイン殿や子どもたちとここにいてくれ。この別荘（べっそう）に潜（もぐ）り込めるやつなんて、そういないから安全だ」

ウィリアム様の大きな手が、頬（ほお）に残っていた私の涙を拭います。

「はい。……でもウィリアム様もどうかお気を付けて」

「ああ、もちろん。君を悲しませるわけにはいかないからね。セディ、姉様をよくよく支えてあげてくれ。ヒューゴ、先ほどの言葉通り、期待しているからな」

ウィリアム様の言葉に二人が「はい」と勢いよく返事をします。

「リリアーナ、具合が悪くなったら来客の有無（うむ）にかまわず、すぐに休むように」

「はい。分かりました」

「……大丈夫」

ウィリアム様の手が私の左手を包（つつ）み込み、親指で薬指を撫（な）でられました。

「私が必ず取り戻して来るよ」

「……はい、ウィリアム様」

「よし、リリアーナが薬指を見ても悲しくならないおまじないをしてあげよう」

そう言ってウィリアム様は、懐（ふところ）から細いリボンを取り出して、徐（おもむろ）に私の左手の薬指に巻いてリボン結びをします。フレデリックさんが差し出した鋏（はさみ）で余分なところをぱちんと切って、形が整えられました。

「私が取り返して来るまでの間、代わりの指輪だ。リボンで悪いが、きっちり結んでおいたので。多分、大丈夫だ」

私は左手を顔の前に掲げます。

青い、ウィリアム様の瞳の色と同じリボンが、空っぽだった左手の薬指に可愛らしく結ばれています。

「よかったね、姉様」

セドリックが隣にやってきて私を見上げて嬉しそうに笑います。

「はい……っ」

私は嬉しくなって、ぎゅうっと自分の左手を抱き締めるように引き寄せました。

「リリアーナ、万が一、リボンがほどけてもこの通り、まだまだあるから気にしないでいいからな。帰って来たらいつでも私が結び直すから」

ウィリアム様は得意げに残りのリボンを掲げて言いました。私は、今度は喜びと幸福に熱くなる目頭をなんとか押しとどめて、笑顔で頷きました。

きっと、落ち込む私のために一生懸命、考えて下さったのでしょう。その優しさと気持ちが嬉しくて、胸がぎゅうっと苦しくなります。

「では、行ってくる。ガウェイン殿、部屋も用意させますからもういっそ、好きなだけ滞在していって下さい。その代わり、リリアーナのことは頼みます」

「もちろんだ。私の可愛い娘に何かしようとした輩は全部、君に報告すると約束するよ」

「心強いです。では、リリアーナ、行ってくる」

そう言って屈んで下さったウィリアム様に背伸びをして、頬にキスをします。お返しに私の頬にもキスを落として、ウィリアム様はマリオ様とジュリア様を連れて出かけて行きます。

「ふふっ、優しい旦那様だね、リリアーナ」

ガウェイン様の柔らかな声に私は「はい」と笑って頷き返したのでした。

お客様が来るかもしれない、と言っていましたが、一番に来たのは画家のレベッカさんでした。そういえば、今日はお約束していた日だったのを思い出して、ちょっと慌ててしまったのは内緒です。

「いやいやいや、まさかあのスプリングフィールド侯爵夫人だとは思わなくて。あ、おはようございます」

「ええ、おはようございます。私が侯爵夫人だとお話は受けていただけないでしょうか？」

「いやいやいや、めちゃめちゃ受けますよぅ。爵位なんて関係なく、あたしはリリアーナ様の美しさをキャンバスに閉じ込めたいんですから」

応接間でレベッカさんが「えへへ」と笑って眉を下げました。

私たちをどこかのお金持ちの夫婦と勘違いしていたレベッカさんでしたが、流石にここが侯爵家の別荘だというのは知っていて（国の英雄の別荘として地元では有名だそうです）、着いて早々驚いたそうです。

「レベッカ様、お好きなようにお過ごし下さいね。何かあればお付きのメイドさんに言って下さい」

「はい、ありがとうございます。今日はよろしくお願いしまーす」

「ですが、レベッカ様」

エルサがレベッカ様の隣へと移動します。

紺色の瞳がレベッカさんを上から下まで観察するように動きます。

レベッカさんは、絵の道具を詰め込んだリュックを一つと洗いざらしのシャツとズボンという姿です。トレードマークの栗色の髪は今日も一つに縛られていました。

「まずは、湯浴みをしていただいて、お召し物も御髪も整えましょう」

「えっ」

「ここはスプリングフィールド侯爵家、本日は呼んではいませんが客人が来る可能性がございますので、身綺麗にしていただきます」

エルサがパンパンと手を叩くと、どこからともなく現れたメイドさんたちがレベッカさんを抱え上げます。

「んえっ！」

　エルサが部屋の外を指差すとメイドさんたちはレベッカさんを抱え上げたまま応接間を出て行きます。

「エルサ、お客様ですから手荒な真似は……」

「大丈夫でございます。天国かなと思うくらい気持ち良く徹底的に磨かせていただくだけでございますので」

「そ、そうですか？　ならいいのでしょうか？」

　困惑する私にエルサは「大丈夫でございます」とにっこりと笑ったのでした。

「奥様、レベッカ様の仕度が整いました」

　あれから暫くして、エルサがそう言ってドアを開けると、びしっとしたシャツとズボンに着替えたレベッカさんが戻って来ました。

「まあ、お綺麗です」

　栗色のうねうねしていた髪は、丁寧に梳いてもらったのかふわふわになっていて、綺麗にまとめられていました。マッサージで血色が良くなったのか顔色も随分と良くなったのに気づきました。

「全部、すごく気持ち良かったです～、ばりばりやる気が出てきましたよー！」

ふふん、と鼻を鳴らしてレベッカさんが拳を握り締めました。

「ふふっ、良かったです。でしたら、お好きなようにお過ごし下さいね」

「はい！　あ、奥様もお好きなようにお過ごし下さいね、表情とか作らなくて大丈夫ですから！　奥様はそのままでもとっても綺麗ですからねぇ」

「よく分かっておいでですね、レベッカ様」

うんうんと何故かエルサが力強く頷いていました。

レベッカさんは、エルサから渡されたエプロンを身に着けると私の前に座って、スケッチを始めました。

なんだか観察されていると、そわそわしてしまいます。何か気を紛らわせるものがあればいいのですが、と辺りを見回すとヒューゴ様が私を呼びます。

「ねえ、お義姉様、刺繍をやってみたいです！」

「刺繍をですか？」

予想外の言葉に驚きます。

「はい！　お義姉様の刺繍、いつもすごいなって思っていて、だからオレもやってみたいです！」

「姉様、僕もやってみたい！」

セドリックまで、はーいと手を挙げて主張します。ガウェイン様もにこにこしながら見守ってくれています。

「ふふっ、分かりました。エルサ、アリアナ、仕度をお願いできますか」

「もちろんです」

そう頷いて、二人が私の裁縫箱を持って来てくれました。旅行中、暇な時間もあるだろうと愛用の裁縫箱も持って来たのです。

最初は、やっぱり見られていることに緊張していましたが、目が合うとレベッカさんはたれ目を柔らかく細めて笑って下さったので、だんだんと気にならなくなりました。

皆で刺繍をしながら、午前中はのんびりと時間が過ぎていきました。

――そう、午前中までは。

「これはこれは、スプリングフィールド侯爵夫人、初めましして。私はゴードン子爵家の……」

目の前で奥様と一緒に来られた男性が挨拶をしてくれるのを微笑みながら耳を傾けます。

昼食を済ませて間もなく、一番目のお客様から来訪のお伺いがあり、それを皮切りに次から次へと貴族から商人まで、様々な方が色々なお見舞いを片手にやって来ました。また直接の来訪はなくとも顔も知らない方々から贈り物も届いているそうです。

そうです、というのも私は応接間を一歩も出られないので確かめられないのです。

「ですが、おや」

ゴードン子爵は、私の周囲を大げさに見回しました。

私の隣にはセドリック、反対隣には相変わらずガウェイン様が座っています。ヒューゴ様はセドリックの隣にいます。

「侯爵様の姿が見えませんな」

「昨日、被害に遭われたばかりなのに旦那様は奥様の傍にいて下さらないのですか？」

口元を扇子で隠した子爵夫人が大げさに肩を跳ねさせます。

「夫は仕事に出かけているのです」

「まあ、お仕事に？　傷心の奥様を置いて？　……やっぱり噂は本当だったのねぇ」

お可哀想に、と子爵夫人が眉を下げましたが、扇子の向こうでぽつりとあざ笑うかのように零された一言は、しっかりと聞こえました。

きっとその噂とは、ウィリアム様がまだ元婚約者を愛しているですとか、私たちが仮面夫婦ですとか、王都で散々言われたものでしょう。

どうお返事をしようかと悩んでいると、セドリックが口を開きました。

「ゴードン子爵夫人、それは僕の義兄であるウィリアム様への侮辱ですか？」

「セ、セドリック？」

私は慌ててセドリックの手を取りましたが、セドリックは睨むように子爵夫人を紫色の目で見据えています。

「ウィリアム様は、悲しむ姉のために、そして、このソレイユの治安を正すために、お仕事に行かれたのです。それをまさか、不仲だと勘違いしているのですか」

「い、いいえ」

セドリックには妙な迫力があって、子爵夫人がしり込みします。

「ウィリアム様は、僕の姉を世界で一番大切にしてくれる人です。弟である僕が保証します。ですから以後、そのような勘違いはしないで下さいね」

にこっとセドリックが笑うと、子爵夫人はしどろもどろになりながら頷きました。

いつも私を心配し、心を砕いてくれる優しい子ではありますが、こんなにも大人びた顔をするセドリックを見たのは、初めてでした。

「ははっ、セディの言うとおりだね」

ガウェイン様が笑って頷きます。

「申し遅れた。名乗るほどの者ではないが、私はガウェインという」

「ガウェイン……どこかで……侯爵夫人の傍にいる、ガウェイン……まさかっ」

「フックスベルガー公爵様……っ！」

ゴードン子爵の顔色が一気に青くなりました。

「スプリングフィールド侯爵夫妻は、妻を亡くしてふさぎ込んでいた私の恩人でね。私には子どもがいないから、特にリリアーナ夫人のことは、実の娘のように想っているんだよ。今日も心配で顔を見に来たら、ウィリアム君に『妻が心配だから、是非、傍にいてほしい』と頼まれてね。だからあまり、私の可愛い娘をいじめないでおくれ」

「ひっ、あ、あの、大変失礼を……っ」

にっこりと笑ったガウェイン様にゴードン子爵夫妻の顔がだんだんと土気色になっていき、何故かまだ挨拶しかしていなかったのに、そそくさと帰ってしまいました。

「どうしたのでしょう、急に具合が悪くなってしまったのでしょうか？」

首を傾げる私の横でセドリックが「あの人たちは、おじ様を知らないのですか？」と尋ねます。

「ああ。知らないだろうね、ゴードン子爵家はまだ歴史の浅い家で下流貴族だ。公爵の顔を見られるような場には呼ばれないからね。でも名前を知っていただけ偉いよ」

「そうなのですね。私、まだ覚えきれていないお名前があって……」

「奥様、次の方をお通ししてよろしいですか？」

フレデリックさんの声に私は慌てて返事をします。

すぐに次のお客様がやって来て、挨拶をして、お見舞いの品を受け取って、お礼を言って、少々歓談をして、お別れしてまた次のお客様の相手をします。

結局この日は、ディナーまでお客様が絶えることなく続き、夕食をたくさん食べて元気になったレベッカさんを見送った後、私は湯浴みを済ませてすぐにベッドに入りました。

ぐっと重く圧し掛かるような疲労感に何を考える暇もなく眠りに身を委ねたのでした。

ウィリアム様が本格的に捜査を始めて早三日が経ちました。

毎晩、夜中に帰って来ているようで朝起きると隣にいるのですが、朝食を済ませるとまたお仕事へと出かけて行きます。

私もこの三日間は、ずっとお客様の相手をしていました。セドリックやヒューゴ様はもちろんガウェイン様も傍にいて下さるので、なんとかこなせています。

お客様は大抵、午後からやって来るので、午前中は頂いたお見舞いの品を確認して、お礼状を書く時間にあてています。

王都を出る際にお義母様から「ゆっくり休むのよ」と言われましたが、正直、今は忙しいほうが気が紛れます。

ふと、お礼状を書く手を止めて、便せんに添えた左手に視線を落とすと青いリボンが目に入ります。

一日も早く指輪が返って来ることを願っていますが、そればかり考えているとどうも私は泣きそうな顔をしているらしく、周りの皆にとても心配をかけてしまいます。

ウィリアム様が巻いてくれたこの青いリボンがなければ、一日の間に何度も泣いてしまっていたかもしれません。

「……ウィリアム様、無理をしていないといいけれど……」

「大丈夫ですよ、奥様。毎晩、帰って来て奥様と一緒に寝ているということは、英気は養われているはずですから」

傍で贈り物の整理をしてくれていたエルサの言葉に顔を向けます。

「そうですね、しっかり眠るというのは健康の基本だとモーガン先生もおっしゃっていましたし……それにしても、今日もすごい量ですね」

ドアが開いてアリアナがまた積み上げられたプレゼントの箱を抱えてやって来ました。

「お近づきになりたい方が多いのですよ。スプリングフィールド侯爵家は、次期国王である王太子殿下の信頼も厚いですしね。それに女神のように美しい侯爵夫人を一目見たい方々も多いのですよ」

「ふふっ、お世辞でも嬉しいです。ありがとう、エルサ」

「謙虚な奥様もお可愛らしいっ」

「今日もエルサが元気で何よりです」

元気なエルサに私も元気を貰って、再びペンを動かします。正直、お礼状を書きすぎて手が痛いですが、これも侯爵夫人としての大事なお仕事だと思えば苦ではありません。

「奥様、午後の来客リストをお持ちしました」

フレデリックさんがやって来て私にリストを差し出します。

今日もたくさん、お客様がいらっしゃるようです。何でも、あまりに多すぎて抽選になっているそうです。驚きですね。

「今日もたくさんですね」

「奥様、あまり無理をなさらないで下さいね。少しでも具合が悪くなったら絶対にお休み下さいね」

エルサが心配そうに言い募ります。

私は、しょっちゅう寝込んでいるので、無責任に「大丈夫です」とは言えません。それに隠したところでエルサにはすぐに見破られてしまいます。

「分かりました。約束します」

そう告げるとエルサは「約束ですからね！」と力強く頷きました。

「それと、招待状が一通、先ほど届きました」

「招待状、ですか？」

首を傾げながら、差し出された手紙を受け取ります。

「セレソ伯爵スリジエ家のルネ様からですね」

送り主の名前を見つけて、顔が綻びました。

ルネ様は私と同い年の女性で、昨日、お客様として嫁ぎ先のご両親と共に挨拶に来てくれました。ご両親のセレソ伯爵夫妻もとても温和な方々で、お二人からは花束を、ルネ様からは布で作られた可愛らしいお花の鉢植えをお見舞いにと頂きました。

ルネ様は、私と同い年というだけでなく、趣味が同じくお裁縫で、なんと旦那様が騎士様なのです。ルネ様の旦那様は、まだ二十歳で騎士になって二年の新人さんだそうで、今年の春にこの港町を守護する第五師団に異動になったばかりだそうです。

ですので、とても話が合って、たくさんの来客の中で一番、楽しんでお話をすることができましたし、セドリックも彼女のお話はとても楽しそうに聞いていました。

「何かしら……まあ、お茶会のお誘いでした」

封筒から取り出した便せんには、明後日のお茶会へのお誘いが書かれていました。

「お茶会、ですか？」

エルサが心配そうに首を傾げるので、私は招待状を見せます。アリアナも近寄って来て、覗き込みます。

「ええ。ルネ様が主催で、港町に暮らす同世代の夫人を集めて開くお茶会だそうです。そういえば、昨日もそんなお話を聞きました。同世代で集まるので、とても楽しいのだと」

お友だちと言えば、義妹で親友のクリスティーナしかいませんでしたが、昨日、お友だちになって下さいとお願いしたところ、ルネ様は快諾して下さったので、私の二人目のお友だちなのです。

「……残念ですが、お断りの返事をしないといけませんね」

私の言葉にエルサとアリアナが眉を下げました。

ウィリアム様から、私の安全のために別荘にいるようにとお願いされているのですから、お出かけするわけにはいきません。

同世代だけのお茶会に行ってみたい気持ちはありますし、ルネ様とはもっとお話をしたいのですが、これればかりは致し方ありません。

「奥様、そのことですが旦那様に一度、確認を取られてはいかがでしょうか？」

「でも……」

フレデリックさんの言葉に眉を下げます。

フレデリックさんは、いつもの無表情をほんの少し和らげて口を開きます。

「旦那様は、奥様が楽しい思い出を作ることには反対なさらないでしょう。もちろん、ルネ様に場所や警備の配置などは確認しないといけませんが、それは私がしますので、奥様はとりあえず明日の朝にでも旦那様に聞いてみて下さい。もし帰って来なかった場合は、使いの者をやりましょう」

「でも、いいのかしら。旦那様がお仕事をしているのに私が……」

「そんな小さなことをおっしゃる旦那様じゃございませんよ。とはいえ、外出の危険度が高ければ旦那様も了承して下さらないでしょうが、そうでなければ大丈夫だと思います」

私は、手の中の招待状に視線を落とします。

これまで色々なお茶会に出た私ですが、自分から行きたいと思ったのはルネ夫人に誘われたこのお茶会が初めてでした。

「……聞くだけなら、大丈夫かしら」

「ええ、大丈夫ですとも」

こっそりと呟いた一言でしたが、エルサの耳にはばっちりと届いてしまったようです。

ですが、エルサが「大丈夫」と言ってくれると、いつも大丈夫な気持ちになれます。

「なら、いつ帰って来られるかも分かりませんしまずはお手紙で聞いてみます。ルネ様には参加の有無がぎりぎりになってしまうのをお詫びしないと……」

「それでしたら、使者の方にその旨は伝えてありますので、ご心配なく」

流石はフレデリックさんです。

私はお礼を言って、ウィリアム様宛てにお茶会に参加してもいいかどうかを尋ねるお手紙を認めました。

インクが乾くのを待って、便せんを折りたたんで封筒にしまい、エルサが用意しておいてくれた蝋で封をします。

「では確かに。この後、旦那様に届けておきます」

フレデリックさんが私から受け取った手紙を懐にしまいます。

「ところで……奥様、右手の指が赤くなっておいでですから礼状のお返事は、今日はこの辺にして下さい」

そう言ってフレデリックさんがパンパンと手を鳴らすとどこからともなく現れたメイドさんたちが、ささっとテーブルの上を片付けてしまいました。

「で、でも……」

「大丈夫でございます。それよりお茶会に出るのでしたら、ドレス選びとお肌のお手入れとやることは山ほどございますよ」

エルサが楽しそうに言いました。アリアナもうんうんと頷いています。

二人は、私を着飾るのがとても楽しいそうで、いつも私よりはりきって仕度をしてくれるので、助かります。

「明日の来客は既にお断りしてありますので、今日の分をこなしたら明日は、準備に専念して下さいませ。それにそろそろ昼食のお時間ですので、食堂でお待ちしております」

そう言って、フレデリックさんはメイドさんたちと共に一礼して、部屋を出て行きました。

「でも、お茶会に着て行けるようなドレスを持ってきていたかしら。視察のドレスでは少し堅苦しいような……」

「こんなこともあろうかと、いくつかご用意がございますのでご安心下さいませ」

「それにガウェイン様から頂いた髪飾りもございますよ」

「あの水色かレモン色のドレスを合わせるとよろしいかと」

「でもエルサ、マリオ様、いえ、マリエッタ様が新作で持ち込んだあのドレスも……」

エルサとアリアナがドレスの話で盛り上がります。

本来であれば、私たち夫婦の旅のお供とはいえ、彼女たちにも旅行を楽しんでもらうつもりでしたのに、私が別荘に引きこもると同時に彼女たちも別荘で王都と変わらぬ仕事になってしまいました。

ですから、彼女たちの大好きな私のドレス選びができるのは、いいことなのかもしれません。

「ふふっ、二人の見立てなら確かですね。今回もよろしくお願いします」

「もちろんでございます、奥様！」

嬉しそうな二人の返事に、私も自然と笑みが浮かぶのでした。

「茶会？」

「さっき、ウィルに言われて様子を見に戻ったら、伝言を頼まれたんだけど、セレソ伯爵スリジエ家のルネ夫人に誘われたんだと。はい、これ、詳細」

マリオが差し出した数枚の紙を受け取り、私――ウィリアムは、中身を確認する。

そこには見慣れたフレデリックの字で、場所の詳細や警備の配置、セレソ伯爵夫妻やその息子夫婦、特にホストのルネ夫人については事細かに書かれていた。

「……いつ調べたんだろうな、あいつは」

感心しながら目を通す。

第五師団の本所に急遽設けられた執務室で、私はこの三日、王都からやって来た手練れの騎士たちが集めてくる情報の整理をし、会議を開き、指示を出しと忙しい。

「昨日、リリアーナ様がとても楽しそうにしていたので今後のために調べたそうだ。まあ、俺の情報網でもセレソ伯爵家は悪い噂はないし、ルネ夫人も評判はいい」

「ほう……ふむ、リリアーナが行きたがっているらしい。……確かに同年代の集まりは楽しいからな。だが、そうだな。エルサを会場の隅に配置すること、と……ジュリア！」

「え、はい！」

近くのデスクで報告書に目を通していたジュリアが慌てて姿勢を正す。

「すまんが、明後日、リリアーナの護衛に戻ってくれ。セレソ伯爵家で開かれるお茶会に出席したいそうなので、君も伯爵家の令嬢として出席してほしい」

「茶会、ですか」

ジュリアが困ったような顔をする。

「嫌か？」

「ドレスを持って来ていないのです。ドレスを着るのが苦手なので、頭に入っていませんでした。動きづらくて、嫌なんですよ」

騎士らしい答えだ。妹のクリスティーナも似たようなことを言っては、母が眉を寄せている。母としては娘を着飾りたいのだ。

「あらぁ、そこはこのマリエッタの出番じゃない？」

いきなりマリオがマリエッタになった。女装していない時にやられると、普段の粗野で乱暴な口調と正反対なので違和感がすごい。

「いやね、ほら最近、わたしもリリアーナ様の護衛をすることが多いからジュリアと会う機会も多いじゃない？　それで一度、女性騎士向けのドレスを作っちゃったのよ。今回もこんなこともあろうかと思って持って来てあるの。褒めていいわよ！」

マリエッタが楽しそうに言う。

「本当ですか？　マリエッタ様のデザインなら、信頼できます」

「サイズとか大丈夫なのか？」

「今回の旅行で、ジュリアが着ている服、あれ、わたしのデザインよ」

「騎士の仕事を知り尽くしたデザイナーなんてマリエッタ様以外いませんから、女性騎士の間では大人気なのですよ。動きやすい上、さりげないおしゃれがたまらないのです」

ジュリアの声が弾む。

「へえ、そうなのか。お前も色々やってるんだな」

「あのなぁ、女の集まりっていうのは情報の宝庫なんだよ。俺たち男じゃ知りようもない情報を持ってることなんか、ざらにあるぜ」

マリエッタからマリオに戻って、親友は肩を竦める。

「え、ジュリアもか。秘密があるのか」

「ははっ、師団長、私に失礼です。とはいえ、私は……社交は苦手なので。母からの苦言に耳が痛い身です。あの白黒はっきりしない腹の探り合いがどうも」

ジュリアが苦笑を零しながら、頰を指で掻く。

「ですが、マリエッタ様デザインのドレスでしたら、何があっても奥様を護るのに不利にはならないでしょうから、騎士として仕事を全ういたします」

ジュリアが騎士の礼を取って、力強く頷く。

「では、頼む。リリアーナに、許可の手紙でも書くか」

「そう言うと思って、はい。リリアーナ様からの手紙を預かってる」

マリオが差し出したそれを受け取り、蝋封を開け、便せんを取り出す。

確かにリリアーナの手紙だ。繊細で美しい文字は、愛しい妻のものだった。

最初に私を気遣ってくれ、その後、控えめに、茶会へ参加したい旨が書かれている。

私は、すぐに許可の返事を書く。

この手紙を開いて、文字を追いかけ、参加できると分かった時のリリアーナの絶対に可愛いだろう笑顔を想像して、頬が緩むのを手で隠す。

だが、二人が呆れた顔をしているのでバレバレのようだ。

「ゴホン、それでマリオ、ジュリア、内通者の目星はついたのか」

わざとらしい咳ばらいをして、インクの乾いた便せんを封筒にしまいながら私は二人に問う。

二人は胡乱な目を隠しもしていなかったが、瞬きを一つして真剣な表情に切り替えた。

今回の港町ソレイユの窃盗事件で、特に船で運ばれた荷物を盗まれた事件は、盗賊側に護衛の人数や交代の時間帯がバレていた可能性が高い。あまりに鮮やかな犯行手口は、内通者がいるに違いないというのは、王都からの応援部隊も含めた私たち第一師団の共通の見解だった。

だが、皮肉なことにリリアーナの指輪が奪われた事件以降の三日間、この町で絶えず起きていた事件が一つも起きていないのである。

私たちは、リリアーナの窃盗事件以外の現場を直接見てはいない。全てが紙の上の文字に頼るしかない現状で、不謹慎かもしれないが新しい事件が起きれば、必ず何かしらの証拠をあげられると考えていた。

それに加えて、騎士を配備し、現行犯で捕まえることもできると踏んでいた。

しかしながら、向こうも馬鹿ではないらしく、無能な第五師団ではなく、精鋭が揃えられた第一師団が捜査に加わったことを知り、息を潜めているようなのだ。

「フランツ商会、クレイン貿易、スワロウ航行貿易の三件が怪しいといくつか情報があがっています」

「俺のほうでもその三つだ。俺としては、クレインかスワロウのどっちかだ。それも商会の中心か、中心に近い人物だな。主人一家を中心に洗ったほうがいい」

「商会の会頭が内通者という可能性もあるということですね。でも、主人一家でないなら、内部事情の詳しさから、ある一定の権限が与えられている人間だな」

「ああ。まだまだ情報を集めている段階だ。まずは、この二つの貿易商会の主人一家と役職付きの人間を探ってくれ。次に盗賊団のことだが、何か分かったか？」

「それがさっぱり。足取りも全く不明で……ただ、一つ、この盗賊団の頭脳となっている例の人物。仲間内で『カラス』と呼ばれているそうです」

「カラス？　鳥の？」

「はい。ただ、それ以外は全く不明の謎の人物です」

ジュリアの言葉にますます、アクラブではないかという疑念が濃くなる。あの男は、人を操ることに長けている。ぽんこつ盗賊団でさえも、彼に掛かれば立派な犯罪組織へと進化を遂げるだろう。

「マリオ、このカラスなる人物、探れるか？」

「もちろん。実はさ、俺の手足が到着したんだよ。もっとしっかり探ってくるから、待ってろよ」

どうやらいつの間にか、彼が手足と呼ぶ、彼個人が使っている者たちを呼び寄せていたらしい。

「ああ、分かった。捜査に出るなら、ついでにこれも届けてくれ。お前に託すなら蝋封もいいだろう」

手紙を受け取ったマリオが芝居がかった礼をする。

「信頼に胸が熱くなります、閣下。……よし、リリアーナ様の指輪、絶対に取り返してやるからな！」

マリオはウィンクを一つ決めると、颯爽と執務室を出て行った。

「……マリオ殿は、もう正式に騎士団には戻られないのですか？」

徐にジュリアが問うて来る。

諜報部隊は、本来であれば表には出ない者たちの集まりだ。マリオは、もともと私やアルフォンスの友人であったために有名だが、終戦後、ほとんど騎士団には近寄ろうとしなかった。一年前にリリアーナを紹介した頃からだ。マリオが定期的に騎士団に顔を出すようになったのは。

「あいつは、騎士としての誇りを誰より大事にしていた。大事な弟たちの護衛を任せられるくらいには、体術も極めている。だが……剣を握れない騎士は、騎士ではないというのがあいつの持論なんだよ」

戦で怪我をしたマリオの利き手の握力は、リリアーナと同じくらいしかない。どれほど鍛錬しても握力が戻ることはないほどの大怪我で、むしろ、物を握れるようになっただけでも奇跡だった。無論、鋼でできた重い剣を振り回すことはできない。

「……だが最近は、なんだか楽しそうだから、私も安心しているんだ。リリアーナの衣装を考えるのがとにかく楽しいそうだ。つまりはまあ、懐いたんだな、リリアーナに」

「それは分かります。奥様は、優しい方です。でも、優しいだけじゃなくて、悲しいことも辛いことも、痛みも知っている方です。平民の老婆のために地べたに膝をつき、傷口に自身のハンカチを当てることのできる貴婦人は、そういません」

　ジュリアの声には、偽りのない尊敬の念が滲んでいた。

　リリアーナは、人の痛みに寄り添うことに躊躇いがない。憐れみと同情を溶かし込んだ言葉を掛けて来るわけでもなく、傍に寄り添い、手を握り、彼女自身が見つけたささやかな幸せを教えてくれる、そういう優しい女性だ。

　だから、ひねくれきったマリオや最愛の妻を喪い空っぽになってしまったガウェイン殿も、彼女には素直で真っ直ぐで、嘘を吐かない。

「……リリアーナは、ひねくれ者に好かれるな」

「そうですね、マリオ殿、ガウェイン殿、王太子殿下に、師団長。一筋縄ではいかない紳士たちが、奥様の微笑み一つで軒並み懐柔されていますからね」

　ジュリアがころころと笑いながら言った。

　全くもってその通りで、反論の余地がない私は肩を竦める。

「さて、私も何が何でも早期解決し、新婚旅行を楽しむという重大な任務がある。町に出て来るから、留守を頼む」

「え、師団長がですか？　マリオ殿に目立つって怒られませんか？」

「私が顔を出すのは、騎士の詰所だ。使えそうなのがいたら引っ張って来る。手数は多いに越したことはないし、今後の人事異動の参考にもなる」

「分かりました。でしたら、私はここで情報整理を続けています」

「ああ。町の中を時計回りに回る。何かあれば連絡を」

「了解しました。お気を付けて」

「それと、これをよく読んでおけ。明後日、疑惑の貿易商会の若夫婦のほうの夫人がどちらも参加する。クレイン貿易のクラーニヒ伯爵家のクロエ夫人、スワロウ航行貿易のイロンデル伯爵家のルイーザ夫人だ」

フレデリックが寄越した資料をジュリアに渡す。ジュリアの表情が一気に引き締まった。主人一家ということは、商会の会頭を務める夫の妻という可能性も大いにあるのだ。

「了解しました。内容を頭に叩き込んで、明後日はつぶさに観察してまいります」

「ああ、頼む」

上着に袖を通し、腰のベルトに剣を差し、私も執務室を後にしたのだった。

ジュリア様のエスコートで私は、お茶会の会場であるセレソ伯爵家のお庭へと向かいます。メイド服姿のエルサが二歩ほど後ろからついてきます。

玄関のポーチから、お庭へは蔦のトンネルをくぐっていきます。

新緑を思わせる緑のシンプルなドレスがジュリア様によく似合っています。マリエッタ様のデザインで、スカートのように見えますが幅が広いズボンで動きやすいのだそうです。

愛用のレイピアも彼女の腰に収まっています。

私は、マリエッタ様が持って来ていた淡い水色のドレスです。夏らしく爽やかなデザインで、ガウェイン様から頂いた向日葵を模した髪飾りをすっきりと結い上げた髪に飾っています。ネックレスは、もちろんウィリアム様から頂いたサファイアのものに、雫型の真珠のネックレスを重ねて着けました。イヤリングも同じく雫型の真珠です。真珠のネックレスとイヤリングは、おじい様とおばあ様からのプレゼントです。

「リリアーナ様！」

トンネルを抜けた先でルネ様が迎えてくれました。

亜麻色の髪に水色の瞳。たれ目が優しげで、可愛らしい顔立ちの女性です。

「本日は、お招きありがとうございます。出欠のお返事がぎりぎりになってしまって」

「あら、それはリリアーナ様のお立場を考えれば、仕方ないことですわ。あの、こちらがお手紙で言っていた……」

「護衛のジュリアと申します。一応、父は伯爵位ですが、私は護衛の立場ですので、あまりお気になさらず」

そう言ってジュリア様が微笑むとルネ様が頬を赤らめました。

ジュリア様はとっても格好いい女性なので、気持ちは分かります。アリアナもよく見惚れていますもの。

「あ、あら、お次の方が来たみたい。リリアーナ様、どうぞお先に会場へ」

ルネ様に促されて、私たちは会場のほうへと進みます。

いくつかのパラソル付きの丸テーブルが庭に置かれています。夏の日差しを和らげるパラソルの下には小さな花器にお花が生けられていました。クロスも専用のものなのか、真ん中に穴が開いていています。

既に何名かの夫人がいて、中にはお見舞いに来てくれた方もいて挨拶をし合います。ジュリア様は、つかず離れずの位置で、エルサは会場の隅で私を見守っていてくれます。

こうしてお茶会に一人で来たのは初めてで緊張しましたが、同年代ということもあって、会場の空気ものんびりとしていて、ルネ様が最後の客人を迎えて挨拶をする頃には、大分リラックスできていました。

本格的にお茶会が始まるとメイドさんたちが、冷やされた紅茶や綺麗に盛り付けられたお菓子を運んできてくれました。

「美味しい。果物の香りがしますわ」

「新鮮な果物をふんだんに使っていますの。紅茶も井戸水につけて冷やしておいたものですから、暑い季節にはぴったりでしょう？」

そんな会話を聞きながら、グラスに注がれた紅茶に口を付けます。

ひんやりとした紅茶は、ほんのりと甘くて、桃や柑橘系の果物の香りが口いっぱいに広がって、とても美味しいです。

「でもまさか、あのスプリングフィールド侯爵夫人にお会いできるなんて光栄だわ」

誰かの言葉に「ええ」「本当に」と同意が添えられて、たくさんの目が一気に私に向けられます。デビュー後よくあることですが、やっぱり緊張してしまいます。

でも、向けられた視線に込められた好奇心の根本には、好意があるのが伝わってきます。

「私も、このような会に参加できて、とても嬉しく思います」

「まあ、声も可愛らしい」

「わたくし、リリアーナ様のデビューの時にあの場にいましたけれど、爵位が上の方々に取り囲まれていて近づけなかったんですの」

「英雄様が女神様と称える美貌は、本当ですわね」

「舞踏会でのダンス、侯爵様がひょいとリリアーナ様を持ち上げるから、私も夫にねだったのですわ。そうしたら夫が笑って軽く持ち上げてくれて、本当に嬉しかったの」

「あら、羨ましいわ。私もおねだりしてみたいけど、私の夫は文官だから……」

女性たちの会話は次から次へと移り変わっていきます。

「リリアーナ様、侯爵様はお家ではどんな感じですの？　あの女性嫌いの侯爵様が結婚したの、本当にびっくりしましたの」

「ウィリアム様は、とても優しいです」

私は無意識の内に左手の薬指のリボンを撫でました。

「そういえば、気になっていたんですが、そのリボンは？」

ルネ様が首を傾げます。

「皆様もご存じだと思いますが、私、指輪を盗られてしまったでしょう？　それで落ち込んでいた私を励ますために、ウィリアム様がご自分の瞳の色と同じこのリボンを指輪代わりにと結んで下さったんです」

まあ、と歓声が上がります。

「必ず私が取り返して来るから、と言って下さって、本当に優しくて頼りになって私にはもったいない方です」

きゃあああ、と控えめながらも黄色い声が上がって「王子様みたい」「本当に素敵ですわ」と褒められて、なんだか私が照れてしまいます。

なれそめを尋ねられて、私はウィリアム様が過労で倒れたことがきっかけで、と話します。もちろん、記憶喪失のことは内緒ですし、最初から仲が良かったなんて嘘もつきません。すれ違っていたと素直に告げます。

外交官として話術のプロであるガウェイン様に「嘘と真実をほどよく混ぜたほうが、話は現実味を帯びるんだよ」と教わったので、デビューの後ウィリアム様と打ち合わせをして決めた内容です。

「恋愛小説みたいだわ」

「私も夫とは仲がいいけれど、侯爵様はなんてロマンティックなのかしら。素敵ですわ」

「でも」

どこか不機嫌そうな声が会話を遮るように切り込んできます。

「そんなに愛されているのなら、たとえ、代替品でももっと立派な指輪を用意してもらえば良かったのに」

ぎょっとして皆が振り向いた先にいたのは、確かクラーニヒ伯爵家のクロエ様でした。

「侯爵様も妻の指輪を盗られてからではなく、もっと早く動いて下されば良かったのに」

「ちょ、ちょっとクロエったら何を……」

ルネ様が慌てて声を掛けると、クロエ様は、はっとしたように表情を強張らせました。

今日、この場で一番爵位が高いのが私なのです。私の発言一つで、下手をすれば他の方々からクロエ様が睨まれてしまう可能性があります。

私は一生懸命頭を働かせて、なんとかこの場を丸く収めるために必要な適切な言葉を探し出します。

「クロエ様、あまり顔色がよろしくありませんよ」

私は思い切って、そう声を掛けました。

クロエ様は、ぐっと身じろいで俯いてしまいました。細い肩が微かに震えています。

「も、申し訳ありません。少し、気分が悪くて……」

「それは大変だわ。誰か、クロエをお部屋で休ませてあげて」

ルネ様の声にメイドさんが三人やってきて、クロエ様を支えるように屋敷のほうへと去って行きました。

「リリアーナ様、ごめんなさい。クロエは私の学園時代からの友人なのだけれど……」

クロエ様の姿が見えなくなって、ルネ様が申し訳なさそうに私の顔を覗き込んできます。

「彼女の嫁いだクラーニヒ伯爵家は、クレイン貿易という貿易商会を営んでいるのだけれど、例の盗難事件でかなりの被害に遭っているのよ」

クラーニヒ伯爵家はその昔、事業に失敗して領地を手放しました。ですが、爵位返還の瀬戸際で始めた貿易業が成功を収め、なんとか立ち直り、今では国で一番を争うほどの規模になっているのだと勉強しました。

「クロエ様は、算術が得意だから旦那様をお仕事の面でも懸命に支えていて、義理のご両親のことも大好きで、クレイン貿易のことを本当に大事にしているの。だからここ最近の被害でかなり気が滅入ってしまっているみたいなのよ」

ルネ様が表情を曇らせます。

「せめて気晴らしにと今日のお茶会に誘ったのだけれど、まさかリリアーナ様に当たるなんて……言い訳にしかならないけれど、普段はあんなことを言う人じゃないのよ」

「ルネ様のご友人ですもの。その言葉を信じます……それに本当に顔色も悪かったですし」

私は懸命に言葉を絞り出したわけですが、クロエ様の顔色は、本当に悪かったのです。

「ええ、私もリリアーナ様の指摘にびっくりしましたわ。お話に夢中になっていたから気づかなくて」

そう頷いてくれたのは、イロンデル伯爵家のルイーザ様でした。

「私の夫も今は大変みたいですの」

イロンデル伯爵家もクラーニヒ伯爵家同様、貿易業を営んでいたと記憶しています。確かスワロウ航行貿易という名前です。

「ルイーザ様も経営に携わっておられるのですか？」

「いえ、私はほとんど。ただ、時折、お客様を家に招待しますから、そのおもてなしは私がすることもありますわ」

ルイーザ様が「でも」と眉を下げます。

「積み荷が倉庫から跡形もなく綺麗さっぱり消えていたんですって、護衛の方々も眠らされていたみたいだし、怖いわ。リリアーナ様も指輪を盗られて、怖かったでしょう？」

ルイーザ様の目が私に向けられます。

「は、はい。指輪もですが、いきなり喧嘩が始まって、それがとても怖かったです。大きな声で、乱暴で……」

「確か市場でしたよね。時折、私も夫と訪れるので新聞を読んだ時は驚きましたわ。ここ数日は、窃盗団も静かですけれど、連日新聞はそのことばかりで気が滅入りますもの」

ルネ様の言葉に他の方々も「怖いわ」「本当に」と口にします。

「手口が巧妙で足取りが全くつかめないと、私の夫が言っていましたわ。でも、国の英雄であるスプリングフィールド侯爵様が協力して下さるんですもの、きっとすぐに解決しますわよね？」

ルネ様が縋るような眼差しを私に向けます。

私は「もちろんです」と力強く頷き返します。

「ウィリアム様は、優秀な騎士様です。絶対にあっという間に解決して下さいます。ですよね、ジュリア様」

後ろに控えているジュリア様に同意を求めます。

「もちろんです、奥様。……師団長のおかげで、大体のことは絞り込めているのですよ」

「まあ、本当に？」

「流石、英雄様だわ！」

喜びの声が上がって、私もほっとします。

「ルネ様、クロエ様にも『大丈夫ですよ』とそうお伝え下さいね」

「ありがとうございます、リリアーナ様」

ルネ様が嬉しそうに頰を緩めると自然とちょっと強張っていた空気が柔らかくなります。

「でも、侯爵様が贈ったという薔薇の婚約指輪、見てみたかったですわ」

ルネ様の隣の夫人が惜しむように眉を下げました。王都の茶会でもそう言われることは多々ありました。あの女嫌いで有名だったウィリアム様が、自ら一から選んで贈った指輪というのが彼女たちの興味をくすぐるらしいのです。

「しかも、婚約指輪と結婚指輪を重ね付けすると、一輪の薔薇になるような細工が施されているのでしょう？　ずっと愛を囁かれているみたいで、素敵だわ」

ルイーザ様がうっとりと目じりを下げます。

私は、ふとルイーザ様の言葉の何かが引っ掛かったような気がしました。ですが、それが何かを考える暇もなく会話は続いていきます。

「まあ、素敵。確か薔薇って本数によって意味があるのよね」

その言葉に領地で花の栽培が盛んな家の夫人が「ええ」と顔を輝かせて口を開きます。

「ええそうよ。一本は『一目惚れ』が有名ですけど他にも『あなたしかいない』という意味があるのよ」

きゃーと本日何度目かの黄色い声が上がります。

私は「一目惚れ」は知っていましたが、もう一つのほうは知らなくて、同時に妙に乗り気だったウィリアム様の姿を思い出し、一気に頬が熱くなります。

「あらあら、リリアーナ様、ご存じなかったの？　真っ赤になってトマトみたいだわ」

「ふふふっ、こんなに可愛らしい方なら、侯爵様が溺愛されるのも納得ね」

「も、もう！　からかわないで下さいませ……っ」

頬を膨らませてみますが、皆さんにこにこして「可愛らしいわ」と言うばかりです。

諫める年配のご夫人がいないので、今日のお茶会はいつもよりずっと賑やかですが、なんだかそれがとても楽しいです。

それから時間いっぱい、おしゃべりやお菓子を楽しみました。

ルネ様とはまた会うお約束もして、私は惜しみつつもルネ様に見送られて、他の方々と共に会場を後にしました。

侯爵家の馬車にジュリア様とエルサと共に乗り込みます。

ジュリア様が向かいに、私はエルサと並んで座ります。心配性のウィリアム様が、例えば車輪が跳ねて馬車が揺れた時、万が一座席から落ちたら大変だからと一人で座ることを許してくれないのです。

「奥様、とても楽しそうでしたね」

エルサがなんだか嬉しそうに言いました。

「はい、とても楽しかったです。同世代だけでお話しする機会はほとんどなかったので、とても新鮮でした」

「奥様が楽しそうで、エルサも楽しかったですよ」

「ありがとうございます、エルサ。ジュリア様もお付き合い下さり、ありがとうございました。退屈(たいくつ)ではありませんでしたか？」

「いえ、皆さん、とても可愛らしくて楽しかったですよ」

「それなら良かったです。私も本当に色々なお話が聞けて……」

不自然に言葉を止めた私に二人が「どうされました」と首を傾げます。

「何かお茶会の間に『あら？』と思ったことがあったのですが、なんだったかしら……」

「不審者(ふしんしゃ)が？　それかお菓子に異物とかですか？」

ジュリア様が身を乗り出すようにして尋ねて来て、私は慌てて首を横に振ります。

「いえ、そんな物騒(ぶっそう)なことではありません。お菓子はどれも美味しかったですもの。会話の中のちょっとしたことだったのですが……思い出したらお伝えしますね」

「分かりました。奥様の身に危険があったとかではないのならいいのです」

「危険なんてありませんでしたよ。でもクロエ様が早くお元気になられるといいですね」

顔色の悪かったクロエ様を思い出して目を伏(ふ)せます。

　ルネ様の言う通り、お家を大事にしているのならば、この窃盗騒ぎに本当に心を痛めておられるのでしょう。

「今のところ、被害総額はクレイン貿易が一番大きいのです」

　ジュリア様の言葉に、彼女に顔を向けます。

「そうなのですか？」

「はい。商売は、信用の積み重ねですから、金額的な問題よりもずっと、荷物を奪われて信用を失ってしまうということが、クロエ様にとっての懸案事項なのだと思います」

「……そうなのですね」

「一日も早く事件を解決に導けるよう、我々も頑張ります」

「心強いです。でも、あまり無理はなさらないで下さいね」

「大丈夫です。普段から鍛えておりますから。それより奥様もたまにはゆっくり休んで下さいね。奥様が倒れると師団長が使い物にならなくなるので」

「そうですよ、奥様。よって明日は、丸一日、お休みとします」

　ジュリア様の言葉を引き継いで、エルサが宣言しました。突然のことに私は目を白黒させながら「でも」と眉を下げます。

「昨日、今日とお客様の相手をしませんでしたし、お礼状も……」

「だめです。エルサがお休みと言ったら奥様はお休みなのです。旦那様からそういった権限を頂いておりますので、明日はゆっくり休んで下さいませ」

いつの間にそんな権限をと思いましたが、そういえばいつもウィリアム様が「エルサの言うことは絶対だぞ」と言っているのを思い出しました。

でもそれは、エルサが私の体を心配してくれているからこそでしょう。

「……分かりました。お休みします」

「はい、そうして下さいませ」

エルサがほっとしたように微笑みを零しました。

それから、別荘へと戻り、この日は久しぶりに穏やかに一日を終えることができましたが、捜査が佳境に入ったのか、翌朝起きてもウィリアム様はいなかったのでした。

幕間二　セドリックの気持ち

スプリングフィールド侯爵家の別荘は、義兄様曰く「こぢんまり」だけど、多分、僕の実家のエイトン伯爵オールウィン家くらいある。

僕——セドリックは、何をしても起きない親友のヒューゴに匙を投げて、彼の部屋を後にする。

昨日までお客さんが来たり、贈り物が届いたりと忙しかった。ヒューゴは「オレはスプリングフィールド侯爵家の男だから！」とはりきって、苦手な朝も頑張って起きていた。だから、昨日のエルサの「明日はお休みです」の言葉に安心して、今日はぐっすり眠っているんだろう。もうすぐ午前中のお茶の時間だけれど一向に起きない。

僕は、姉様のところに行ってみようと、丁度、姉様と義兄様の部屋からシーツを抱えて出て来たアリアナに声を掛ける。

「アリアナ、姉様がどこにいるか知ってる？」

「奥様でしたら、お部屋をお掃除中なので、おそらく談話室かテラスにいらっしゃると思いますよ」

「ありがとう。……アリアナ、ちょっと待って。……はい、これで大丈夫」

僕は、アリアナの腕から垂れていたシーツを彼女の腕の中に戻す。

小柄な見た目に反して力持ちなアリアナだけど、そそっかしいところがあるので、シーツを踏んで転びかねない。

「あわわ、ありがとうございます、セドリック様」

「どういたしまして。気を付けてね」

「はい！」

いい返事をして去って行くアリアナを見送り、僕は談話室へ足を向ける。

僕のたった一人の家族と言っても過言ではないリリアーナ姉様。

僕は、姉様より綺麗な人を見たことがない。綺麗で、優しくて、温かくて、繊細な人。

僕が姉様に初めて会ったのは、多分、僕が三歳か四歳の頃。メイドさんの目を盗んで家の中を探検していて、姉様の部屋にたどり着いた。

お人形がベッドに座っているのだと、幼かった僕は本気で思った。

今でも鮮明に覚えているほど、姉様は子どもの頃から美しい人だった。

最初の頃は、姉様は本当にお人形みたいであまり表情の変わらない人だった。でも、何回も、何回も会いに行くうちに、僕につられて笑ってくれるようになった。

僕は両親やもう一人の姉の目を盗んで、姉様に会いに行った。僕が姉様に会いに行くことを使用人の皆は誰も何も言わなかった。

姉様は、生まれつき体が弱くて、実家ではほとんどベッドの上にいた。それは病気だけが原因じゃなかったけれど、スプリングフィールド侯爵家に嫁いでから、姉様は実家にいた頃に比べて、すごく元気になった。

でも、やっぱり季節の変わり目や疲れがたまると寝込んでしまう。

僕の元気を分けてあげたいけれど、きっと姉様は「セディが元気でなければ困ります」と優しく笑って言うんだろうな。

談話室のドアを開けると暖炉の傍に置かれたソファに姉様が座っていた。夏なので、もちろん暖炉に火は入っていない。斜め横の一人掛けのソファに姉様の侍女のエルサが座っている。

「あら、セディ、どうしたのですか？」

「姉様は何してるの？」

傍に行って、隣に座る。

「刺繍をしているのですよ。ヒューゴ様はまだ起きないのですか？」

「うん。起きないから諦めた。今日はおじ様もお仕事に出かけているから、姉様と一緒にいようと思って」

僕の言葉に姉様は、長いまつ毛をぱちぱちと揺らして、ふふふっと軽やかに笑った。

「それは光栄です。お父様も午後になれば帰って来るとおっしゃっていましたから、午後は皆でお庭をお散歩しましょうか」

「うん！」

姉様がお父様と呼んで慕っているのは、ガウェイン様。フックスベルガー公爵様で、王家の血を引く偉い人だけど、姉様にはもちろん僕にもすごく優しい。僕もおじ様のことは大好きだけど、お父様ではない。どちらかというとおじい様みたい。

僕にとってお父様は、姉様の夫のウィリアム義兄様だ。恥ずかしいし、迷惑かもしれないから義兄様には内緒だけど。

「ヒューゴ坊ちゃまはまだ寝ているのですか。いくらお休みとはいえ……私、起こして参ります。ついでにお茶の仕度もしてきます」

エルサがにっこりと笑って立ち上がる。

貴族の家で一番偉いのは家長（うちでは義兄様）だ。それは間違いない。でも一番強いのはエルサだと僕は思っている。だって、国の英雄である義兄様もエルサには逆らえない時があるんだ。

親友の無事を祈りつつ「いってらっしゃい」と僕はエルサを見送った。

広い談話室に僕たち二人きりになる。

ぷすっ、するするする、ぷすっ、するするする。

針が布を刺し、刺繍糸が布の間を通る小さな音が静かな談話室の中で囁くように聞こえる。

「……何に刺繍をしているの？」

「セディの秋用のハンカチですよ」

「もう秋？　まだ夏だよ」

窓の外ではもくもくと入道雲が聳え立っている。

「ふふっ、最近はなんだか忙しいですから、早めの仕度が大事なのですよ。それに孤児院のバザーに寄付する品も仕上げないといけませんからね」

喋っている間も姉様の手はすいすいと動いている。多分、秋だからどんぐりかな。公爵家の広いお庭にもどんぐりの木があって、去年はたくさん拾った。

「……あんまり無理しないでね」

「しませんよ。倒れると大変ですから」

「……でも姉様は、そう言って無理をするから油断ならないんだ」

僕が拗ねたように言うと姉様は、ふふっと可笑しそうに笑った。

「ウィリアム様と同じことを言うのですね」

そう言って姉様は、テーブルの上、裁縫箱の横に置かれた手紙を指差した。

「ウィリアム様からもお手紙で釘を刺されてしまいました。しっかり休め、エルサの言うことは絶対だぞ、と」

「そうだよ、エルサがお休みって言ったら姉様はお休みなんだ」

義兄様は昨夜は帰って来なかった。いつもは朝食の席にはいたけど、捜査が佳境に入って忙しくなったんだって。

だからきっと「ウィリアム様がお忙しくしているのに、私が休むなんて」とか思っていたに違いない姉様の思考を察知して、お手紙をくれたんだ。義兄様は頼りになる。

「セディも続きをやりますか？」

「……ううん、今日はいいや。それより姉様、横になって休んでもいいんだよ？」

「私、元気ですよ？」

姉様が不思議そうに僕を見る。

「でも、ここのところずっと忙しかったし、昨日はお茶会にも行っていたでしょう？」

「ええ。でも来客は座ってお話をするだけでしたし、昨日のお茶会は本当に楽しかったのですよ」

ふふふっと姉様が笑う。

確かに基本的に疲れていると青白い顔をしていることの多い姉様が、昨日は頬を紅潮させてとても楽しそうな様子で帰って来た。

「……悪口、言われなかった？」

ぷすっと針が布を刺して、その後の音が聞こえない。姉様の手が止まって、星色の瞳が驚いたように僕を見ている。

「セディ？」

「……僕、知ってるよ。義兄様が人気者だから、それを羨んで姉様に悪口を言う人がいることくらい、知ってるの」

姉様は、目を丸くして僕を見ていた。

「ここへ来た人たちだって、嫌なことを言う人がいっぱいいたもん」

お見舞いに来たのに、義兄様が傍にいないことを放置されていると勝手に決めつけたり、本当はやっぱり夫婦仲は良くないいんだって遠回しに嫌味たらしく言う人々は一日の来客の中で必ず一組はいた。

「姉様、辛くない？　大丈夫？」

それに社交界へデビューを果たした姉様が、陰で悪口を言われているのも知っている。ヒューゴのお母様が怒っていたし、メイドさんたちが洗濯物を干しながら「私たちの奥様になんて失礼な！」とぷりぷりしていた。

僕だって、貴族社会のことは学んでいるから、姉様の立場はなんとなくだけど分かる。

大人気で信頼も厚いスプリングフィールド侯爵家に信用のない困った家でしかないエイトン伯爵家の娘が嫁いだことを認めたくない人だっていっぱいいるだろう。

姉様が手に持っていた針と刺繍枠にはめたハンカチをテーブルの上に置いた。

「私たちは、似たもの姉弟ですね、お互いの心配ばかりです」

姉様の細い手が僕の頬を撫でる。

「……私は別に悪口はかまわないのです。私は私ですから。ウィリアム様が私を愛して下さっているのは、セディもよーく知っているでしょう？」

「うん。そりゃあもう」

「だからそのことは別に大丈夫なのです。契約結婚だとか仮面夫婦だと言われても、なんとも思いません。でも……伯爵家のことを言われると、不安になるのです」

「うちのこと？」

「ええ。将来、あの……困ったことの多すぎる家を貴方一人に押しつけてしまうことが私は一番、心苦しいのです」

姉様の目が悲しげに細められた。

僕の脳裏に明るくて真っ当な侯爵家とは正反対の陰鬱でじめじめした生家が浮かぶ。

僕だってあの家のことは、好きじゃない。

「僕は、大丈夫だよ」

すんなりと言葉が出ていく。驚いたけど、その通りだと僕は思った。

「僕には姉様がいるもの。それに義兄様にヒューゴに、おじ様に……学園に入れば友だちだってもっとできるよ」

ぱち、ぱち、と姉様のまつ毛が揺れる。

「それに僕は義兄様を見ていると思うんだ。僕たち貴族は確かに家の評判がつきまとうけど、でも、本当に大事なのは僕がどうあるのかってことなんだって」

姉様は何も言わないで、僕の話に耳を傾けてくれている。

「僕は、僕の両親みたいにはなりたくない。僕は、義兄様のように大事な人を守れる優しい人になりたいよ。それでも悪口を言ってくる人はいるだろうけど、そういう人はきっと、僕の人生にはあんまり関係ない人なんだよ」

「セディ……」

「僕、お勉強好きだよ。だから、いっぱいお勉強して、立派な大人になる。それで侯爵家に負けないくらい、伯爵家も明るくて、真っ当で優しい家にするよ」

ぽろり、と星色の瞳から涙が落ちて、僕はびっくりする。大丈夫、と声を掛けるより早く、僕はぎゅうっと姉様に抱き締められた。

「ふふっ、貴方は本当に私の自慢の弟です」

姉様の声が優しく僕を包み込む。僕は、その細い背に腕を回して抱き締め返す。

「僕にとっても姉様は、僕の自慢の姉様だよ」

そうだ、本当にその通りだ。

あの家の中で、どんな理不尽に晒されても、痛い思いをしても、姉様はこんなに細い体で、か弱い腕で僕を護ってくれていた。

「貴方がいつの間にかこんなにしっかりしていたなんて驚きです。私の過保護も直さないといけませんね」

腕の力が緩んで、こつんと額をくっつけて姉様が笑う。

姉様は、もう泣いていなくて、ほっとする。姉様に泣かれると僕はとっても困るんだ。ううん、僕だけじゃない。義兄様もヒューゴもエルサも、ガウェイン様も困る。あの無表情で冷静なフレデリックでさえ、姉様が泣くと動揺しているのを僕は知っている。

「うーん、直さなくていいよ。むずむずする時もあるけど、僕は姉様が心配してくれるのが嬉しいもん。それに僕もすぐに無茶をする姉様に対する過保護は直りそうもないもん」

「まあ、セディったら」

くすくすと柔らかな笑い声が降って来る。

「セディは、将来、何になりたいのですか？」

「騎士様って思ってたけど、モーガン先生みたいなお医者様もいいし、植物を研究するのも楽しそうでしょ。それにおじ様みたいな外交官もいろんな国に行けて楽しそう」

「ええ、そうですね」

「大人になるまでに決めるから、楽しみにしてて」

「ふふっ、分かりました。でも、きっと……」

姉様の手が僕の頬を優しく包み込む。

「貴方は、貴方が望むように生きられます。だって、貴方は私の弟だもの」

そう言って笑う姉様は、やっぱり僕が知っている人たちの中で一番、綺麗だった。

第五章 ―― 急転直下の解決劇

「クレイン貿易が白なら、スワロウ航行貿易の内部に、内通者がいるというわけか」

私――ウィリアムは、報告書に目を通しながら、今しがた戻って来たばかりのマリオに問う。

「ああ。よくよく調べた結果、クレイン貿易は盗まれると非常に困るもの、信用を失うものが被害に遭っている。だが、スワロウ航行貿易は、被害は大きいが致命傷は避けられている。盗まれると困るだろうが、なんとか損害を補塡できるような代物ばっかりだ」

「……なるほど」

「では、マリオ殿、内通者は誰なのです？」

ジュリアの問いにマリオが眉を寄せて、難しい顔をする。

「主人夫婦か若夫婦の誰かだと思うんだが……いま一つ、決定打に欠ける。一番怪しいのは、会頭だ。現に会頭の手の者がクレイン貿易に潜っていたという情報を摑んでいる」

「だが大手の貿易業同士、密偵を放り込むのはない話ではないだろう？」

「そこなんだよ」

マリオがぐしゃぐしゃと頭を掻く。彼をもってしても断定が難しいようだ。

「貴族の家に踏み込むには、完璧な証拠が必要だ。そうでないなら、貴族院に申請しないと家宅捜索もできない。だが、それではいつになるか……」

私はため息を零して、髪を掻き上げる。

完璧に証拠を固めて逮捕状を手に乗り込むか、リリアーナが誘拐された時のように人命が危機に瀕し、緊急を要する場合を除いて、貴族の家に踏み込むのは煩雑な手続きが多いのだ。

「マリオ殿、逆に一番怪しくないのは誰なんです？」

ジュリアの言葉に「ルイーザ夫人だ」とマリオが言った。

ルイーザは、リリアーナと同い年で昨日の茶会に出席していた夫人だと記憶している。

「経営に携わっていないし、彼女の仕事はもっぱら来客の対応だ。商会に来ることはないし、従業員の中には顔を知らない奴もいるそうだ。結婚したのが昨年で、今は後継ぎを産むことを優先するようにというのが、理由らしい。下世話な話だが、懐妊の兆しは今のところないそうだ」

「なるほど。貴族ではよくある話だな」

「確かにルイーザ夫人は、何も知らなそうですね。昨日、師団長にも報告した通り、家の被害の惨状にふらふらになっているクレイン貿易のクロエ夫人とは対照的に、夫が忙しいのも荷物が盗まれたのも、まるで他人事のようでしたから」

「しかし、なあ……」

私は手の中の報告書をデスクの上に置く。

「内通者が割れたとして、盗賊団はどこに隠れているんだ？　そもそもまだ港町にいるのか？　リリアーナの事件以降、あまりに静かすぎる。それに盗品の売買さえ、どこで行われているかが分かっていない。不可解すぎる」

「それは、確かにそうなんですが……我々が引くのを待っている可能性もあるのではないでしょうか？」

「確かにな……特に私は、ずっと王都を留守にするわけにはいかない。遅かれ早かれ、私がこの町を出ることを待っているのかもしれないな」

「第五師団は舐められてっからな。英雄様の退場を願ってんだろうさ」

「私はこの町にしがみついていたいがな。リリアーナと満足に新婚旅行もできていないのに……っ！　新婚旅行中に仕事に行ってほぼいない夫をリリアーナは毎朝、優しく送り出してくれる。文句の一つだって言わない。なんて健気で優しい妻なんだ！」

イチャイチャしたくてやって来たのに、キスの一つさえ満足にできていないのが現状だ。

「あー、うん。帰ったら、お前のお母様の説教、間違いなしコースではあるよな」

歯切れの悪いマリオの言葉に私は頭を抱える。

　間違いない。間違いなく説教だ。母上は、いまだに父上が新婚旅行中に仕事に出かけて、ほったらかしにされたことを根に持っているのだ。王都を出る時、私は父の二の舞にはならないと決意したが、立派に二の舞になっている。

「……母上の説教は別にいいんだ。だが、母上と違ってリリアーナは、文句一つ言わないから、私の罪悪感がねじきれそうだ……っ」

「し、師団長。とりあえず、一度、帰られては？　私は仮眠を頂きましたが、師団長は徹夜ではないですか。一度、奥様を補充してきて下さい」

「だが……」

「それに奥様が、茶会の会話の中で何かに引っ掛かったとおっしゃっていたと報告したでしょう？　もしかしたら思い出しているかもしれませんよ」

「それは、確かに。リリアーナは、賢く素晴らしい女性だからな。我々では気づかなかった何かを拾い上げているかもしれない。聞いてみる価値があるよな！」

「ええ、ええ、ありますとも。マリオ殿も一度、休んで下さい。我々の中で一番、寝ていないのはマリオ殿ですよ」

「あー、じゃあ、お言葉に甘えっかな。当分、事態は動きそうにねえし」

　マリオががりがりと頭を掻きながら、欠伸を一つ零す。

「では、私たちは二時間ほど休憩を貰う。何かあれば遠慮なく急ぎ報せてくれ」

「了解しました」

騎士の礼を取ったジュリアに見送られ、我々は騎士団を後にしたのだった。

昼食を終えると同時にウィリアム様の帰宅を知らされ、私は弟たちと一緒にエントランスへと向かいます。

私たちがエントランスに着くと同時にドアが開き、ウィリアム様が帰って来ました。マリオ様も一緒です。

「おかえりなさいませ、ウィリアム様、マリオ様」

お二人もお疲れのご様子で、特にマリオ様は目の下のクマが酷いです。

「ああ、ただいま」

ウィリアム様とおかえりなさいのハグとキスを交わして、その顔を覗き込みます。

ウィリアム様は、ちょっと疲れを滲ませながら微笑んで、私の額にキスをします。

「セディ、ヒューゴいい子にしてたか？」

「はい」

「もちろん」

私が退くと二人が順番にウィリアム様とおかえりの挨拶を交わします。

「お兄様、事件は？　解決したの？」

「いや、最後の最後で行き詰まっていてな。少し休憩を入れるようにと言われて帰って来たんだ。少し休んだらまた戻るよ」

「でしたら、横になりますか？」

「可能なら、君の膝を借りたいな」

肩を抱き寄せられて、ちゅっとこめかみにキスが落ちてきます。

「ウ、ウィリアム様が、それでお疲れが取れるならいくらでも……」

ちょっと恥ずかしくなってきて、窺うようにウィリアム様を見上げると、何故かウィリアム様がいつもの発作を起こしていました。

「くぅ……っ、ひん、かわい……っ」

「はいはい、ごちそうさん、フレデリック。二時間後に起こして」

マリオ様がフレデリックさんに声を掛けて去って行きます。

「大分お疲れのようですね。お部屋に仕度をしますから、休んで下さい」

フレデリックさんが冷静に告げて、弟たちに見送られるようにして、私とウィリアム様はアリアナが掃除をしてくれた部屋へと向かったのでした。

ソファの端に座った私の膝の上に頭をのせて、ウィリアム様が横になります。彼は背が高いので足がはみ出ています。

膝の上の重みを愛おしく思いながら、ウィリアム様の髪を優しく撫でます。

琥珀色の髪を撫でていると、幸せがふわふわと胸を満たしてくれます。

ふと、ウィリアム様の胸の上に置いてあった私の左手に大きな手が重ねられました。ウィリアム様の指が私の薬指のリボンを撫でます。

「なかなか取り戻せなくて、すまない」

「謝らないで下さいませ。ウィリアム様や他の皆様が頑張って下さっていることは分かっていますから」

「……」

すると何故かウィリアム様が唇を尖らせます。

もしやこれは拗ねているのでしょうか。

「どうしました、ウィリアム様」

「もっと我が儘を言ってほしい」

ウィリアム様が私のお腹に顔をうずめるように体を横向きにして抱き着いてきます。

「まあ、我が儘だなんて……」

「新婚旅行中に妻を放り出して仕事に行く夫だぞ。文句を言ってもいいんだ」

「そう言われましても……殿下の荷物や私の指輪を取り返すために頑張って下さっている旦那様に我が儘なんて」

「いやだ、我が儘を言ってくれ」

「もう、困った旦那様ですね」

ふふっと笑うと恨めしげに横目で私を見上げています。

多分、これはウィリアム様なりの甘えなのでしょう。いつも格好良い旦那様がとても可愛く思えて、ついつい頰が緩んでしまいます。

「じゃあ、私が我が儘を言う。留守の間の君の話を聞かせてくれ、何でもいいから」

「ふふっ、分かりました。……では、お茶会の話を」

「昨日のやつだな。楽しかったか？」

「はい。同世代だけでしたので、とても賑やかで楽しかったです」

「そうか。それは良かった。……あ、そうだ。なんだか話の中で引っ掛かったことがあったと聞いたぞ」

ウィリアム様の言葉に、そういえば、と私は口に手を添えて視線を上に向けます。

なんとなく天井を見ながら、会話を思い起こします。

「ええ、そうなんです。何かが引っ掛かって……」

「誰となんの会話をしている時？」

ウィリアム様の言葉に、うんうんと唸りながら記憶を掘り起こします。

「みんなで、事件のお話をしていたんです。私が指輪を盗まれたことを心配して下さって、怖かったでしょう、と……。それで私も、大きな声が怖かったです、とお話しして……」

あの時、体調を崩して部屋に戻ったクロエ様を除いて、主催のルネ様を含めて招待された八人ほどの夫人で集まって話をしていました。

「最終的にウィリアム様が捕まえて下さいますからということになって……それで、また指輪の話に戻ったのです」

「また？　盗られた話を？」

「いいえ、今度は指輪のデザインです。婚約指輪は特徴的で、王都でも是非、見せてほしいと言われることが多々あったのですよ」

ウィリアム様が「へぇ」と零します。男性ですから、女性たちのこの好奇心には、今一つぴんと来ないのかもしれません。

「あ！」

そこで私はようやく思い出した違和感にぱんと両手を合わせました。膝の上でウィリアム様がちょっと驚いていますが、忘れないうちに言葉にします。

「思い出しました。指輪のことでルイーザ様の言葉に引っ掛かったのです！」

「ルイーザ？　どんなことだ？」

　ウィリアム様が勢いよく体を起こします。そのまま前のめりに尋ねられて、思わず後ろにのけぞりますが、ソファの背凭れが邪魔をします。

「え、えっと、結婚指輪のデザインです」

「結婚指輪の、デザイン？」

「はい。私の指輪を見たかったとおっしゃる方の言葉に、ルイーザ様がこう言ったのです。『しかも、婚約指輪と結婚指輪を重ね付けすると、一輪の薔薇になるような細工が施されているのでしょう？』と」

「それにどうして違和感を？」

「私の指輪が返って来たのは、旅行に行く二日前ですもの。知っている人は、限られています。ずっと一緒にいるエルサたちやジュリア様は別として、こちらにいる知り合いではお父様にしか話していませんでしたし、盗まれてしまったから見た人もいないのに」

　青い瞳を丸くして、ウィリアム様が私を見つめています。

「だから、どうしてルイーザ様は知っているんだろうなと思ったのです」

　思い出せてすっきりです、と笑った私をよそに、ウィリアム様はテーブルの隅に置かれていたベルを、チリンチリンと鳴らしました。

「フレデリック！　エルサ！　アリアナ！」

「どうされました？　奥様の具合でも？」

「私の奥様に何か⁉」

「奥様！　大丈夫ですか⁉」

呼んだのはウィリアム様なのですが、三人とも私のことを心配して、すぐにやって来てくれました。

「落ち着け、うちの奥様は元気だ。そうじゃなくて、そう！　フレデリックはリリアーナの指輪の盗難事件が載った新聞を用意してくれ。エルサはマリオを起こしてきてくれ。アリアナは、紙とペンを大至急頼む」

皆さん、頭の上にハテナマークを浮かべながらも、それぞれの任務を果たしに動き出します。

最初に戻って来たのはアリアナで、すぐにテーブルの上に紙とペンがセットされます。

「リリアーナ、私が質問をするから、それに合わせて今の話をもう一度、してくれ。証言を書き記して証拠にするんだ」

紙の上にペンを走らせるウィリアム様の問いに応えてゆきます。

私がよく分からないままにお話をしていると、眠そうなマリオ様と新聞を抱えたフレデリックさんが戻って来ました。

「マリオ、割れた。ルイーザだ」

「は？　なんで？」

「ルイーザは、盗まれた指輪のデザインを知っていた」

「薔薇だろ？　有名じゃん。婚約指輪も結婚指輪もデザインに薔薇が使われているって」

「薔薇だけじゃないんだ。職人の提案で結婚指輪と婚約指輪を重ね付けして、初めて意味を成す新しいデザインを加えたんだ」

　ウィリアム様は「ここに署名してくれ」と私にペンを渡すと、急ぎ、新聞に目を通し始めました。それを横目に、私はウィリアム様に指示された通りの場所に署名しました。

「ないな。指輪が盗まれたことは書いてあっても、指輪のデザインまでは書いてねえ」

　ウィリアム様と共に新聞を読んでいたマリオ様が顔を上げます。

「奥様の婚約指輪のデザインは、有名なのでご存じの方も多いと思いますが……結婚指輪の新しいデザインは確かに知っている者は限られますね。我々は取材には一切答えていませんし、旦那様の名前で新聞社に抗議を入れたので、この朝刊以外には侯爵家や指輪に関する事件のことは載っていません」

「つまり盗難品を見たから、ルイーザは知っていたんだ。フレデリック、馬の用意を頼む」

「かしこまりました」

　フレデリックさんは一礼して、足早に部屋を出て行きます。マリオ様が「俺も仕度してくる」とその背に続きます。

ウィリアム様は、先ほど私がした署名を確認し、インクが乾いているのも確認して、それを懐にしまいました。

「リリアーナ、ありがとう。おかげで事件を解決に導けそうだ！」

「は、はあ」

何がなんだかさっぱり分かりませんが、ウィリアム様は活き活きしています。

「やっぱり君は私の女神だ！」

ぎゅうと私を抱き締めて、キスをするとウィリアム様は立ち上がります。

「では、行ってくる！　当分、帰って来られないとは思うが、頑張ってくるからな！　見送りは大丈夫だ！　家のことを頼んだぞ、リリアーナ！」

と言うが早いか、風のように去って行ってしまいました。

取り残された私は、あまりに早い展開についていけず、後でエルサにゆっくり説明してもらい、思わず驚きと困惑の悲鳴を上げてしまったのでした。

リリアーナからの情報が解決の糸口となり、膠着するかと思われた事態は一気に動いた。

別荘を出た後、私――ウィリアムは、そのままルネ夫人の下に向かい、リリアーナから貰った証言を固めるため、指輪についてルイーザが本当に結婚指輪の新しいデザインを知っていたのか尋ね、同じく証言を貰った。

ルネ夫人から話をつけてもらい、後三人ほど茶会に出席していた夫人から部下に証言を取らせた。

その間に第一師団で徹底的にルイーザを探った結果、ルイーザは自身の祖父が所有している港町にある別荘に盗賊たちをかくまっていたことが判明し、一気に捕縛と相成った。

ルイーザ自体は「何故、身内以外誰も知らないはずの指輪のデザインのことを知っていた」と問いかけただけで、白を切り通すでもなく真っ青になって、全て白状した。

曰く「子どもを望まれるだけで、誰も私を望んでくれない」「重圧に耐えかねて、浮気を繰り返していた」「子どもができないのは私のせいじゃないことを証明したかった」「カラスだけが私の苦しみや寂しさを理解してくれた」とのことだった。

その数多の浮気相手が、他の貿易商の者たち（幹部連中なので同業者同士のパーティーなどで知り合ったらしい）で、結果、彼女を通してカラスというらしい盗賊団の男に伝えられ、今回の事件は起きたのだ。

だが、問題はこの『カラス』なる男が見当たらないことだった。

カラスは、盗賊団の仲間には顔も名前を明かしていなかった。仲間たちは名前が無いと不便だから『カラス』と呼んでいた。全身真っ黒でカラスのように賢いからというのが理由らしい。男であることは間違いないが、仮面を被っていたので、顔は分からないと盗賊団の男どもは口を揃えた。

しかし、そのカラスが、どこにもいないのである。

盗賊団のアジトとなっていた、ルイーザの祖父の別荘で盗賊団二十三名は、確保された。別荘の地下にあったもともとはワインの貯蔵庫だった場所から、盗品のほとんどが発見された。アルフォンスの荷物も未開封のまま、無造作に置かれていた。

だが、カラスと呼ばれた男とリリアーナの二つの指輪だけが見つかっていない。

縄をかけられ広間に集められた盗賊たちに聞けば、不貞腐れながら「侯爵夫人の指輪はカラスが欲しがったからあいつの指示でやった」「指輪はカラスが持ってる」と口々に漏らした。

だが最も恐ろしかったのは「カラスは侯爵夫人に異様に執着していた。いつか侯爵夫人は俺のものになるのだと、それはそれは嬉しそうだった」という証言だ。

別荘での大捕り物を終え、私は騎士たちを別荘の庭に集めて指示を出す。

盗賊たちが移送用の馬車へと押し込められていくのを横目に腹心の二人を呼ぶ。

「マリオ、ジュリア、私は騎士団に戻る。カラスの目的が分からない以上、リリアーナが一番、危険だ。騎士団で最低限の処理だけして、私は別荘に戻る」

「ああ。とりあえず俺が先に別荘に戻っておく。お前が帰って来たら、俺が騎士団に行くよ。フレデリックに伝えておけばいいか？」

「頼む。あいつとガウェイン殿に」

「了解」

言うが早いかマリオは暗闇の中に姿を消していく。

「師団長は急ぎ、お戻り下さい。こちらのことは我々にお任せ下さい」

騎士の礼を取るジュリアに後を任せて、私は現場を後にしたのだった。

急転直下の解決劇とはまさにこのことでしょう。

ウィリアム様が意気揚々と出かけられたのが三日前、そして、今朝の朝刊の一面にようやく「盗賊団、一斉検挙！」の文字が躍りました。

ウィリアム様が留守の間もお見舞いとお客様は絶えなかったので、この三日間も午前中はお礼状書き、午後は来客の相手をして過ごしていました。

朝食を終え、談話室に集まった私たちの話題はやはり、盗賊団のことです。

「良かった。無事に解決したのですね」

私はほっと胸を撫で下ろします。

「いや、そうでもないようだよ」

同じく新聞に目を通していたガウェイン様の言葉に首を傾げます。

「一人、逃げているようだ。ここ最近の盗難事件を主導していたカラスと呼ばれる男だそうだ」

ガウェイン様は難しい顔で新聞を読み進めます。

ウィリアム様は、言葉通りあの日以来、帰って来てはいません。

「お兄様、今日も帰って来ないのかなあ。悪い奴らが捕まったら会えると思ってたのに」

ヒューゴ様が寂しそうに唇を尖らせます。

「義兄様は、お仕事を頑張ってるんだもん。我慢しなきゃ」

「でも、セドリック、オレたち明後日にはもう港町を出る日だよ。お土産だって買ってないのに」

「そ、それは、そうだけど……」

ヒューゴ様をたしなめたセドリックですが、逆に言い返されて、もごもごしています。

「ねえ、おじ様。悪い奴らが捕まったなら、町へ出かけられますか？」

ヒューゴ様の問いにガウェイン様が苦い笑みを浮かべます。

「言っただろう？　一人、捕まっていないと。町は緊急配備が敷かれたらしいから、物々しい雰囲気になっているだろう」

「まあ……」

あの町のどこかにまだ悪人が潜んでいるのかと思うと、陽気な町の雰囲気と相まってなんだか余計に怖く思えました。

「そういえば、リリアーナ。あの画家のお嬢さんはどうしているんだい？」

暗くなってしまった場の雰囲気を変えるようにガウェイン様が切り出しました。

「姉様の肖像画、そろそろ完成するのかな？　でも絵ってそんなに早くできるのかな？」

セドリックが首を傾げます。

「私もそれは……でもレベッカさんが、私たちが帰る前には見られるレベルまでには仕上げておくと言っていましたけれど……私も来客に気を取られていましたが大丈夫でしょうか。ちゃんとご飯を食べているといいのですが」

私の言葉にセドリックとヒューゴ様が微妙な顔をしています。二人の脳裏に、初めて会った日に行き倒れていたレベッカさんの姿が浮かんでいるのが伝わってきます。

「あ」

不意にセドリックが漏らした声に顔を向けます。

「どうしたのですか、セディ、きゃっ」

急に肩にかかった重みに驚きます。視界に琥珀色の髪がさらりと揺れています。

「おかえりなさいませ、ウィリアム様」

なんといつの間に帰ってらしたのか、ウィリアム様がソファの背凭れ越しに私の肩に顎を乗せていました。

「ただいま、リリアーナ」

弟たちとガウェイン様にも「おかえり」と声を掛けられ、ウィリアム様が返事をします。

「あー、疲れた」

「お兄様、お疲れ様です！　お義姉様の指輪は⁉」

ヒューゴ様の問いにウィリアム様が答えます。

「大丈夫、見つかったよ。ただ証拠品として押収されているから、もう少しだけ待っていてくれ。すまないな、リリアーナ」

「まあ、本当ですか？　いくらでも待ちます……！」

私は嬉しくなって、体をずらしてウィリアム様の首に腕を回して抱き着きました。ウィリアム様の匂いと爽やかなコロンの香りが私をより一層、幸せにしてくれます。

「旦那様！　奥様に触る前に湯浴みをして下さいと申し上げたでしょう！」

エルサの言葉にウィリアム様が私の腕を解いて慌てて離れます。

エルサは、お茶の仕度に行ってくれていたのですが、ウィリアム様と共に戻って来ていたようです。

「エ、エルサ、抱き着いてしまったのは私ですっ」

素直に白状するとエルサは「帰宅した際に顔を見るだけと言ったのは旦那様です」と告げて、ウィリアム様を睨みます。

「全く、外から帰られたままの格好で奥様に触れるなんて！　いいですか、衛生というのはですね」

「分かった。分かった！　私が悪かった！　今すぐ湯浴みをしてくる！」

エルサのお説教を察知したのか、ウィリアム様が慌てて逃げていきます。

「義兄様、きっと一秒でも早く姉様に会いたかったんだね」

「ラブラブだからな！　オレの兄夫婦は！」

セドリックとヒューゴ様の言葉に私の頬が熱くなります。

「あ、あの、エルサ。私がウィリアム様の着替えの仕度をしてもいいですか？」

「ええ、もちろん。きっと喜びますよ」

「では、行ってきますっ」

そそくさと退場する私の背中に三人分の生暖かい視線を感じます。

ヒューゴ様の「オレのお母様も仕事から帰って来たお父様の着替えの仕度をするのが大好きなんだ。ラブラブの証拠だな！」という言葉は、それでなくとも忙しい私の心臓のために聞こえなかったことにしました。

「お疲れ様です、ウィリアム様」

「ああ、ありがとう、リリアーナ」

ソファに座るウィリアム様の背後に立って、濡れた琥珀色の髪を丁寧にタオルで拭きます。

時折、湯浴みの後にこうしてウィリアム様のお世話をさせていただくのですが、大好きな人のお世話はとても楽しいです。エルサが私の髪の手入れが楽しいと言う気持ちが分かる気がします。

「お怪我はしていませんか？」

「ああ。私はほとんど指示を出していただけだったから大丈夫。部下たちもかすり傷くらいはあるかもしれないが、大怪我をした者はいないよ」

「そうですか……良かったです」

騎士様のお仕事が命懸けであることは分かっているつもりですが、やっぱり毎回、不安になってしまいます。

「髪も大分乾いたし、リリアーナ、こっちへおいで」

ウィリアム様が隣をぽんぽんと叩き、私はタオルを手にソファの前に回って、腰を下ろしました。

座った途端に肩を抱き寄せられて、ウィリアム様の頭が私の頭に乗せられます。

「あー、やっと帰って来られた」

「お疲れ様です。今日はゆっくり休んで下さいね」

「ああ。でも、一緒にいてくれ。私は深刻なリリアーナ不足に陥っているんだ。君を補充しないといけない」

「まあ、なんですか、それ」

ふふっと笑った私にウィリアム様はぐりぐりと頭を押しつけながら「深刻なんだぞ」と笑います。

「なら、私もウィリアム様不足です。私も補充させていただかないと、元気が出ません」

恥ずかしくてもごもごと口にした私ですが、ウィリアム様にはばっちり聞こえていたようで「リリアーナ！」と喜びに溢れた声で私を呼びました。

ウィリアム様の頭が離れて、大きな手が私の頬を包んで顔を上げさせます。

ゆっくりと近づいてきたウィリアム様の唇の意図を汲んで、私も目を閉じます。

吐息が先に唇に触れて、遂に唇が触れる、と思った瞬間「旦那様っ！　大変です！　事件です！」とアリアナの声がして、旦那様が「はぁ!?」と声を上げて振り返りました。

ドアの開く音がして足音が聞こえます。私はなんとか顔の火照りを誤魔化そうと、顔をぱたぱたと手で仰ぎながら振り返ります。

「まあ、レベッカさん」

アリアナとエルサの間に、画家のレベッカさんがいました。後ろにフレデリックさんもいます。

レベッカさんは何故か、今にも泣き出しそうな顔でしょぼしょぼしています。

「どうしたんだ、レベッカ嬢」

「すみ、すみまぜぇんっ」

「レベッカさん……!?」

ぼろぼろと泣き出したレベッカさんにエルサがハンカチを差し出し、アリアナが慰めるように彼女の背中をさすります。

「奥様がっ、奥様が、盗まれてしまって……っ！」

「私の奥様はここにいるが？」

ウィリアム様が私の顔を見ながら首を傾げます。

「落ち着いて下さい、レベッカ様。……盗まれたのは、奥様の肖像画です」

「何？　リリアーナの肖像画が？」

「はい。レベッカ様、私が代わりに説明をしてもよろしいですか？」

フレデリックさんの問いにレベッカさんが、こくこくと頷きます。

「実は、絵が完成したと昨日、様子を見に行った使用人を通してレベッカ様から連絡を頂きました。ですので、本日、レベッカ様と絵を迎えに行ったのですが、レベッカ様はまた裏庭に倒れていまして、家の中は——荒らされていたのか、そうでないかは判別がつかなかったようですが、散らかっていて奥様の肖像画だけが忽然と消えていたそうです。ですので、迎えに行った者がレベッカ様をこうして保護してきた次第です」

「レベッカ嬢、怪我は？」

「ありませんっ。何か甘くてどろっとした臭いがしたと思ったら、眠っちゃって、気づいたら朝でしたぁ」

　ひっくひっくとしゃくり上げながらレベッカさんが答えます。

「眠くなったのは、何時ごろだ？」

「朝方、です。あたし、筆が乗りに乗って徹夜をしてたんですけど、裏庭で音がして、大家さんがしびれを切らして、家賃の回収に乗り込んできたのかと思って……っ。前にも夜中に奇襲されたことがあったので」

「金品は盗られたりしなかったか？」

「そもそもないですぅ……っ」

　レベッカさんが眉を下げて、ぐすんと鼻をすすります。

「そうか。倒れていたなら、どこかぶつけているかもしれないな。アリアナ、湯浴みの仕度を。エルサは、モーガンに診察をお願いしてきてくれ」

「レベッカさん、仕度ができるまで、こちらに座って下さい」

レベッカさんは私の隣にぐすぐすと泣きながらやって来て座ります。エルサから貰った
ハンカチで目元を押さえるレベッカさんの背中をそっと撫でます。

「お、奥様の絵がとっても綺麗にできたのに……っ、奥様の美しさを閉じ込められたのに
い……っ」

「あらあら、困りました。ほら、水分を取って下さい。干からびちゃいますよ」

テーブルの上に用意されていたグラスを手に取ると、すかさずフレデリックさんが水差
しの水を注いでくれました。輪切りのレモンが浮かぶ水は、爽やかで美味しいのです。

レベッカさんの口元に運ぶと、レベッカさんはなんとかお水を口にします。

水を飲むと再びハンカチに目元を押しつけてしまいます。

「レベッカ嬢、相手の顔は見たか？」

ハンカチから顔を上げて、レベッカさんが首を横に振ります。

「さっぱりですぅ。後ろ？　斜め横？　から急に腕が伸びて来て……でも、男の人だと思
います。羽交い締めにされた時、力が強くて、体が硬かったです」

「なるほど。……フレデリック、騎士団へ通報は？」

「済ませてあります」

その返事にウィリアム様は「そうか」と呟くと難しい顔をして押し黙ってしまいました。

何かを思案している様子です。

　こういう時のウィリアム様は、大事なことを考えている最中なので、邪魔をしてはいけません。私は、レベッカさんに意識を向けます。

「レベッカさん、もう大丈夫ですからね。ここは安全ですから」

「うっ、うっ、奥様ぁ、怖かったですぅ」

　抱き着いてきたレベッカさんを受け止めて背を撫でます。いきなり知らない男性に襲われたら、誰だって怖いはずです。

「レベッカ嬢、リリアーナの言う通り、我が家は安全だ。しばらく滞在するといい。リリアーナ、レベッカ嬢の傍にいてやってくれ。私は確認だけしてくる」

「はい。分かりました」

　私が頷くと、ウィリアム様は私の頰を撫でて、フレデリックさんと共に部屋を出て行きます。入れ違いでエルサがモーガン先生と共に戻って来ました。

　私に抱き着いて泣いているレベッカさんにモーガン先生は「大丈夫ですよ」と声を掛けて、簡単な問診をしました。

　大きな怪我はありませんでしたが、腕に摑まれた痕と膝を打った痕がありました。

　その後、レベッカさんが落ち着くのを待って、一緒にバスルームまで行って、アリアナに託しました。

私がバスルームから出て、談話室へ歩いているとウィリアム様が前からやって来ました。

「レベッカ嬢は？」

「ようやく落ち着いて、今はアリアナと一緒にバスルームに」

「そうか。恐怖というのは、興奮している時には感じにくい。ここへ来て落ち着いて、ようやく怖かったことを自覚してしまったんだろう」

ウィリアム様がバスルームのほうを見ながら言いました。

「ウィリアム様は、また騎士団に行かれますか？」

「いや、ここにいるよ。今回の盗難事件は、流石に第五師団に任せておかないとね。だが、今から私の指示を仰ぎに騎士が来る。応接間を使うから、リリアーナはガウェイン殿たちと一緒にいてくれ」

「分かりました」

「では、談話室まで送ろう」

差し出された腕に手を添えて、談話室まで並んで歩いて行きます。

「でも、どうして私の絵を盗んだのでしょう」

「それは君が美しいからだよ。レベッカ嬢の絵の技術は見事なものだし、きっとそこにいるかのように美しい絵だったから、心奪われたんだよ」

ウィリアム様があまりに真剣に言うので私は「は、はあ」と曖昧な返事をします。流石に「そうですね」とは恥ずかしくて言えないです。

ですが、その曖昧な返事が気に入らなかったのか、ウィリアム様はいかに私が美しいかを熱弁し始めてしまったのです。

結局、談話室の前で別れ、中へ入った私は真っ赤になってへたりこんでしまい、駆け寄って来たセドリックに「お熱があるの？」と酷く心配されることになってしまったのでした。

屋敷の中は、静まり返っている。

それもそのはずだ。夜は更け、夜勤の者以外は、皆、ベッドの中にいるような時間帯だ。

私――ウィリアムは、私の胸に額をくっつけて眠る妻から、そっと慎重に彼女の枕になっていた腕を抜く。

「ん……」

身じろいだリリアーナに体が強張るが、ころん、と仰向けになったリリアーナは、すやすやと穏やかな寝息を立てていた。

それにほっと息を漏らし、彼女が風邪をひかないように布団をかけ直す。夏だからと油断は大敵だ。

「……行ってくる。すぐに戻るよ」

返事はないと分かっている。起きたら困るので、キスも我慢して、私は最大限気配を殺してベッドから出る。

あらかじめ用意しておいた服に着替えていると、だんだん愛する妻とキスも満足にできない新婚旅行とは何なんだと、怒りが湧いてきた。

その怒りをなんとかこらえながらベッドの下に隠しておいた剣を腰に差し、バルコニーへ出た。幸い、今夜は月が明るい。

ここは二階だ。私は、ひょいと柵を乗り越えて、壁の飾りや欠けたレンガに足をかけて降りて行く。ある程度の高さで飛び降り、音もなく着地する。

屋敷の裏に回って、馬小屋から愛馬を出す。こっそりと馬番に鞍と手綱をつけておくように頼んであった愛馬に跨り、裏門から外へ出た。

愛馬に声を掛け、腹を蹴れば、蹄の音を響かせながら愛馬は走り出す。

向かう先は、この別荘のある丘を下り、海岸沿いにある数年前に役目を終え、放置されている灯台だ。

私は、月明かりを頼りに馬を走らせる。

リリアーナの肖像画が盗まれた。

その報告を受けた時、私の中でぼんやりとしていた盗賊団の謎の男『カラス』の正体が輪郭を得たような気がしたのだ。

そもそもが盗みにくい指輪を狙った時点でおかしい。リリアーナには嘘をついたが指輪は押収されておらず、盗賊たちは口を揃えて『カラス』が所持しているはずだと言った。

ちなみに万が一、見つからなかったら、職人に全く同じものを頼む予定だ。

だが、夕刻、（新婚旅行中だと言っているのに届けられた）報告書を書斎で確認しているとフレデリックが差出人不明の私宛ての手紙を持ってきた。侯爵夫妻のご機嫌伺いの手紙に交じっていたらしい。

リリアーナ宛ての手紙は安全確認のために事前に開封することを許可しているが、私宛ての手紙はその限りではない。

内容は、いたってシンプルだった。

『月が中天を過ぎた頃、朽ち果てた灯台にて待つ
一人で来い　さもなくば二つの指輪は海に沈む
追伸　女神だけは同行を許可する』

と書かれていた。差出人の名前はなく、これといった特徴のない、まるで教科書から抜き取ったような字だった。

手紙を読む私をフレデリックは、訝しむように見ていた。

私は「古い知り合いだよ」と返して、彼の目の前で、デスクの上にあった本に挟んでおいた。私がいないと分かれば、賢く察しのいい乳兄弟は、追いかけて来てくれるだろう。

石造りの灯台は、漆喰が剝げて中のレンガが見えていた。灯台には青い屋根の小さな家がくっついている。灯台の灯りを管理する灯台守が住んでいた家だ。

私は、愛馬を降りる。どこかへ繫ごうかと思ったが、いざという時のために放っておくことにした。

「近くにいてくれ。すぐに戻る。朝になっても戻らなかったら、誰か呼んで来てくれよ」

冗談交じりに愛馬に告げたのに、愛馬は、ぶるるんと鼻を鳴らした。賢いな、と笑って顔を撫で、家のほうへと足を向けた。

建付けの悪い扉を開ける。一階は、リビングやキッチンがあったのだろう。ドアが外れていたり、壁に穴があいていたり、廃墟らしい風情を漂わせている。人が住まなくなると家の中はすぐに朽ちて埃が支配する。

「絶対にリリアーナは連れて来れんな」

苦笑交じりに呟いて、私は家の中を進み、灯台のほうへと向かう。

灯台の一階は、倉庫だったのか、壊れた樽や空の木箱、麻袋が転がっている。

「こっちだぜ」

上から降ってきた男の声に顔を上げる。長い髪が残像のように揺れた気がした。

私は、壁に沿うように上へ続く階段を腰の剣に手をかけたまま、慎重に上がる。

男がいたのは、灯台の一番上だった。

かつて、暗い海で迷わぬよう光を灯していた台は、煤が残るばかりで何もない。その台の向こうに男――アクラブはいた。

四方を囲む窓は出窓のようになっていて、アクラブは、その縁に腰かけていた。

アクラブの隣、窓ガラスに立てかけられるようにしてリリアーナの肖像があった。その絵の傍に月光に光る小さなものが二つ。リリアーナの指輪だ。

窓ガラスが一枚なくなっているのか潮の匂いをまとった風が二人の髪を揺らす。

「美しい。まるでキャンバスに閉じ込められているかのようだ。あの画家、まだ若いのに実に見事な腕前だ」

アクラブの低く静かな声が落ちる。

男の言う通り、キャンバスの中のリリアーナは、美しかった。

いっそ、怖いと感じるほど、それは精巧で、緻密で、美しい――生きた絵だった。

慈愛に満ちた柔らかな笑みを浮かべる彼女が見つめる先にいるのは、多分、セドリックだったのだろう。私が留守の時にスケッチをしていたから、おそらくそうだ。

「リリアーナはさ、不思議だよな」

「人の妻の名を気安く呼ぶな」

唸るように告げた言葉に男は「心が狭（せま）いな」と肩を竦（すく）めた。

「でも、そう思わないか？　あの狭い部屋の中だけで生きていて、よく笑えるなって俺は思ったよ。恐怖以外の感情を失（な）くさずにいたのが、不思議だ」

アクラブは心底不思議そうに言った。

私も考えなかったわけではない。あの歪（いびつ）な家で、どうしてあの二人は笑顔（えがお）を、人を愛することを忘れずにいたのか疑問だった。

だが、リリアーナとセドリックが一緒にいる時の様子を見れば分かる。

リリアーナにとってセドリックは世界の希望で、セドリックにとってリリアーナは唯一（ゆいいつ）の愛だった。だから二人は、人として大事な感情を忘れなかった。

「英雄殿は、リリアーナと弟くんを救い出して、愚（おろ）かな伯爵（はくしゃく）を領地に閉じ込め、傲慢（ごうまん）な義姉（あね）を他所（よそ）へ放り出し……継母（ままはは）が死んだ結果、あの家が綺麗になったと思ってんの？」

くすりと神経を逆撫（さかな）でするような笑みが落とされる。

「……どういう意味だ」

「エイトン伯爵は、真実、サンドラを愛していたよ。でも、リリアーナが存在しているということは、カトリーヌに手を出したということ、ひたすらにサンドラを愛していたあの男がね」

アクラブは、ははっと笑って肖像画を振り返る。黒い双眸は、恍惚に細められていて、嫌悪感が募る。

「……何故、リリアーナに固執する」

「なんでだと思う？」

「質問しているのは、私だ」

「指輪を盗んだのはさ、なーんか、むかついたから。指輪って肌身離さず身に着けるだろ？　それがむかついた。でも、英雄殿がリボンなんか巻くから、思ったより落ち込んでくれなかったなぁ」

会話が成り立っているようで、成り立っていないことに歯噛みする。

正直なところ、この男が国際的な犯罪組織の首領であるという証拠はどこにもない。全てこの男の自己申告でしかなく、今のところ、それを証明する手立てもない。

「ところで、ここにとあるものがあるんだけどさ、サンドラの部屋から盗んだやつ」

アクラブが懐から取り出したのは、赤い革表紙の本だった。凝った装丁で鍵が掛けられるようになっている。

「これ、カトリーヌの日記」

思わぬ言葉に私は眉を寄せる。話の意図が見えない。

「嫁いでから死ぬ一週間くらい前かな。それまでの日記。まあ最後のほうは文字もよろよろで読めねえとこもあるけど」

「………何が望みだ」

「別に。ただ、子を身ごもったらリリアーナは気になるんじゃねぇかなって思って。愛してもいない男の子を身ごもって、産んで半年で死んだ母親の——気持ちってものがさ」

　アクラブは、端正な顔に嘲るような笑みを浮かべた。

「それで、なんだっけ？　三年後に子作りすんだっけ？」

「お前には一切関係ない」

「三年かぁ。てかさ、お宅の王子様はいつ結婚すんの？　割とアルフォンス王子の情報は高値で売れるんだよね。俺は女だったら嫌だけどね、あの腹黒王子の妻なんて」

「私の知ったことじゃない。そろそろお前の目的を教えろ。何故、リリアーナに固執する」

　アクラブは、再び肖像画に顔を向けた。

「綺麗だからかな。綺麗なものには惹かれる。そうだろ？　女神様のように美しい人だ、リリアーナは。故に心惹かれるのかな。だからこの絵、貰って行こうと思ったんだ」

「それは私の執務室に飾る予定なので、却下だな」

「あっそう。最後まで聞けよ、流石にこれはかさばるから、諦めたんだ。代わりに、何枚かスケッチを貰うことにした」

「ふざけるなっ！　一枚だってくれてやっ……る、か……？」

ぐらりと急に視界が揺れて、たたらを踏む。気合だけで耐え抜いて、倒れる前に踏ん張って顔を上げる。

「うわっ、これで眠らない奴は初めてだ」

アクラブが驚いたように言った。

「流石だね。眩暈だけで済んじゃうんだ。これ、すごく便利なんだぜ。原液はすっげぇ甘い匂いがすんのに、火にかけて熱を入れると無臭になって気化すんの。安眠作用もばっちり。普通の睡眠薬と違って、後遺症も残らねぇから俺たちの商売にはもってこいだ」

だから窓際にいたのか、と今更気づいて顔をしかめる。

「話は戻すけど、俺も見てみたいな。女神様が英雄殿の子を抱くところをさ」

「は？」

「三年後ってことは、早く見積もっても子どもが生まれるのは、四年後とか五年後か」

アクラブは私にかまうことなく指折り何かを数えている。

「よしっ、じゃあ、次に会いに来るのは、子どもが生まれてからにしてやるよ。当分は、黒い蠍はクレアシオン王国には手を出さねえようにする」

「何が、目的だ！」

私は剣を抜いて、一気に踏み込む。

薬によって鈍る私の剣をアクラブは、ひょいと避けて窓枠に跳び乗った。

「言ったじゃん。女神様がどんな母親になんのか興味があるだけ。じゃあまた、子どもが生まれたら報せてくれ。あーばよ」

「だれが！　しらせ、るか！」

私の叫びをカラカラと笑い飛ばして、アクラブは窓の外へ飛び降りた。

一気に動いたからか、ぐるぐる回る視界に耐えながら窓枠から身を乗り出す。

この窓の下は、灯台守の住居だった。そこへ飛び降りたのか、アクラブの姿は既にない。私の愛馬が森のほうをじっと見つめて警戒しているから、そちらに逃げたのだろう。

「くそっ、相変わらず逃げ足の速い……っ。いつか絶対に捕まえてやる……っ」

端的に言えば、人員が足りなかった。第五師団のたるんだ連中にあいつが捕まるわけがない。呼び寄せた第一師団の少数精鋭の部下たちは、盗賊団捕縛後は全員リリアーナの警護に回している。そうでもしなければ、私の庭である安全な王都ではないここで、アクラブの手駒の数も分からず、私の留守中にあいつからリリアーナを護るのは至難の業と判断したからだ。

『いつか侯爵夫人は俺のものになる』

盗賊団の頭が、カラス――アクラブがそう言っていたのだと言った。

私は、その言葉が酷く恐ろしくて、仕方がなかった。現に一度、リリアーナは、アクラブの手によってさらわれている。私が、留守にしていた時のことだった。

リリアーナを愛すれば愛するほど、私は彼女を失うのが怖くてたまらなくなる。

「……ここで捕まえたところで、あいつから得られるものはないだろうしな」

外の空気を吸っているとだんだんと頭がはっきりしてくる。

アクラブをここで捕まえたとして、得られる情報はなかっただろう。あの男が簡単に喋るとは思わないし、拷問にかけたところで喋るとも思わない。

そもそも、まずはあいつが黒い蠍の首領であるという証拠を固めないと意味もない。徹底的に捜査をして、黒い蠍そのものを壊滅させるには、途方もない時間と労力と人員が必要だ。

見れば、中央の台の陰、私からは死角の位置に香炉が置かれていた。

私は、ハンカチで口元を覆い、香炉の中身を確認する。

まだ少し液体が残っている。火からおろして、隣に置く。慎重に保存して、なんとか成分を特定できないだろうか。おそらく、この町の盗難事件の際に使われたのは、この薬だ。

「……リリアーナ」

私は窓の下にずるずると座り込んで、手を伸ばし、二つの指輪を握り込む。

「……私は、君を失うのがとにかく恐ろしいらしい」

それこそ全ての人員を彼女の護衛にかけて、単身でここに乗り込むなんて、馬鹿なことをしてしまうくらいには。

自嘲交じりに呟いて、指輪をハンカチに包んで、ジャケットの内側にしまう。

バタバタと足音が聞こえてくる。わざと音を立てているのだろうそれは、フレデリックとマリオのものだ。

「あー、めちゃくちゃ怒られそうだな」

私の呟きは、この三十秒後にフレデリックに思いっきり抓られて（後に彼は、気つけ薬の代わりだと言い張った）赤くなった頬によって証明されたのだった。

終章　未来の約束

「リリアーナ、目を瞑っていてくれ。こっちだ」

朝起きて、身支度をしてすぐに私は、先に起きていたウィリアム様に手を引かれて談話室に向かっています。ウィリアム様が両手を引いて下さっているので、目を瞑っていても怖くはないですが、一体、どうしたのでしょうか。

「フレデリック、ドアを開けてくれ」

静かにドアが開く音がして、私はウィリアム様に手を引かれて再び歩き出します。

「ここで止まって……手を放すが心配しないで、すぐに隣に行く」

その言葉通り、私が足を止めるとウィリアム様の手は離れていきましたが、左側にすぐにウィリアム様がやって来て、私の腰を抱きました。

「いいよ、目を開けて」

「…………あ！」

談話室にあったのは、イーゼルに立てかけられた私の肖像画でした。

「すごいです、まるで本当に私をここに閉じ込めたみたいです。あのでも、どうして」

「今、盗賊団の逃げ出した最後の一人を捕まえるために、空き家という空き家が調べられているんだが、その内の一軒に捨ててあったらしい。それで騎士がすぐに報せてくれて、夜中に行って確認してきたんだ」

「まあ、そうなのですね」

「あ！　姉様の絵！」

「おやおや、取り戻せたのかい」

賑やかな声に振り返れば、ダイニングに向かう途中だったのでしょう。セドリックとガウェイン様が談話室にやって来ます。ヒューゴ様は、どうやらまだ夢の中のようです。

「すごいね、本当に姉様が絵の中にいるみたい」

セドリックが肖像画を覗き込んで、興奮に目を輝かせています。

ですが、レベッカさんの絵は、本当に素晴らしいものでした。まつ毛の一本一本に至るまで丁寧に描き込まれ、まるで鏡を見ているかのようです。

「ふむ、素晴らしいな。私も欲しい」

「あげませんよ。これは私が先に貰う約束をしたんですから。額装して、師団長室に飾るんです！」

ガウェイン様の言葉にウィリアム様が慌てて首を横に振ります。

「いいじゃないか。君には本物がいるんだから」

「それとこれとは話は別です。第一、私が仕事で留守にしている間も我が家に遊びに来ているのは知っていますからね。むしろ、繁忙期は私よりリリアーナと過ごしているじゃないですか！」

「はっはっはっ、私は隠居の身だからね」

ウィリアム様とガウェイン様が今日も仲良しで、嬉しいです。

そうして私が二人の様子をニコニコしながら眺めていると、セドリックが私の左手を取りました。

「姉様、指輪、帰って来たんだね！　良かった！」

「え……………まあ！」

セドリックに握られた左手に視線を落として、初めてそこにあの日、奪われてしまった結婚指輪と婚約指輪が輝いているのに気づきました。

指輪代わりの青いリボンは、湯浴みをした後、ウィリアム様がいる時は解いて、朝に結んでもらっていました。今朝は結んでくれなかったので、後でお願いしようと思っていたのです。

ですが、今、私の指には柔らかなリボンとは正反対の硬い指輪の感触が確かにあります。

「うそ……いつですか？」

茫然とウィリアム様を振り返ります。

「君に目を瞑ってもらって、手を取った時。いつ気づくかなと思っていたんだけど、全然、気づかないからどうしようかと思った。ありがとう、セディ」

大きな手がわしゃわしゃとセドリックの頭を撫でます。セドリックが照れくさそうに笑っている姿が可愛いです。

私は弟の手から抜き取った自分の左手を抱き締めるようにして胸元に引き寄せます。安堵と喜びと幸せが一気に溢れ出て、逆に言葉が出て来ません。

「リ、リリアーナ？」

「姉様？」

「リリアーナ、大丈夫かい？」

途端に焦り出した三人に私が首を傾げます。ウィリアム様が、焦ったように取り出したハンカチで私の頬を拭って下さって、初めて自分が泣いていることに気が付きました。

「す、すまないリリアーナ。もっときちんと言うべきだったな」

眉を下げたウィリアム様に「ちがいます」と返して、私は躊躇いなく抱き着きました。ウィリアム様は、よろけることもなく私を抱きとめて下さいます。

「う、うれしくて、私……本当に、ありがとうございます……っ。もう、絶対、ぜーったい、盗まれないように、します！」

泣きながら宣言した私を優しく抱き締め返して、ウィリアム様が柔らかく笑ったのがくっついた部分から伝わってきます。

「姉様、僕ももっともっと気を付けるからね」

くいっとスカートを引っ張られて顔を向ければ、セドリックが真剣に私を見ています。

私は、ウィリアム様から少しだけ離れて、優しい弟の頭を撫でました。

「ありがとうございます、セディ」

「頼もしい弟だね、ウィリアム君」

「はい。私も頼りっぱなしです」

ウィリアム様の言葉にセドリックは顔を赤くすると、恥ずかしいのか私に抱き着いてきました。可愛くて、可愛くて私もぎゅーっと抱き締め返します。

「……うっ、かわいい、……かわいいのぼーりょくだ……っ！」

「同意だよ」

いつの間にやら発作を起こすウィリアム様の横で、ガウェイン様が深く頷いていました。

「皆様、そろそろご朝食のお時間です。今日を逃すとお出かけになれませんよ。本日は、お土産を買いに行かれるのでしょう？」

フレデリックさんの冷静な一言に、ウィリアム様の発作も引っ込んで、私たちは急いでダイニングへと移動したのでした。

「新婚旅行が、終わってしまう……」

隣を歩くウィリアム様が呆然と呟きます。

私はその腕に寄り添いながら、日傘の下で苦笑を零します。

ここは、町からは少し離れたところにある小さなビーチで、造船所の所長夫人に教えてもらった穴場だそうです。砂浜は小さいですが、ごつごつとした岩の目立つ磯もあり、セドリックたちが潮が引いて出現した潮溜まりで、楽しそうに生物の観察をしています。

「……もう帰らなければならないなんて」

嘆くウィリアム様に、私はどうしたものかしらと頭をひねります。

順調だったのは最初の二日間だけで、三日目にして私が指輪を盗まれてしまって以降、ウィリアム様はお仕事、私は来客のお相手と、共に過ごす時間はほとんどありませんでした。

だというのに、明日にはもう王都に帰るために出発しなければなりません。

行きと同じく帰りも王都まで一週間ほどの移動を予定していますが、ウィリアム様はこの港町で私とのんびり過ごしたかったのだと言って下さっているのです。

「まだ新婚旅行の新の字くらいしか味わってないのに……っ」

悔しがるウィリアム様の向こうで、弟たちはマリオ様、ジュリア様に見守られて、潮溜まりを覗き込んで楽しそうに遊んでいます。

エルサとアリアナは、別荘に残って明日の出立に向けて荷物の整理をしてくれています。

お見舞いの品がとにかく多くて、帰りはもう一台、馬車が増えそうです。

ガウェイン様も同じく仕度をしているそうですが、後で合流する予定です。

「でも、ウィリアム様。私は、とても楽しい新婚旅行でしたよ」

「……」

青い目が驚きと共に「嘘だ」と言いたげに私を見ています。それが可笑しくて、ふふっと笑うとウィリアム様の形のいい眉が、訝しげに寄せられます。

「エルサとアリアナにサプライズのプレゼントも買っていただきましたし、お客様の対応は大変でしたが、ルネ様という新しいお友だちもできました。お父様ともゆっくり過ごせましたし、レベッカさんには素敵な絵を描いていただけました」

ちなみに、私たちが朝食を食べ終わった頃、起きてきたレベッカさんは、取り戻された絵を見た途端に「よがったよぅ」と泣き崩れてしまい、安心したのか泣くだけ泣いて寝てしまいました。どうやら昨夜はなかなか眠れなかったようで、今も客間のベッドの上で気持ちよく眠っていると思います。

「指輪を盗られてしまった時は、本当に悲しかったですし、怖かったです。でも……」

日傘を持つ左手に視線を落とせば、二つの指輪からなる一輪の薔薇が目に入ります。

「私の旦那様が約束通り、取り戻して下さいましたから、もう平気です。それに……ウィリアム様」

「ん？」

「一輪の薔薇の意味、『あなたしかいない』というのをご存じだったのですか？」

私の問いかけにウィリアム様は、徐々に顔を赤くするとそっぽを向いてしまいました。

琥珀色の髪から覗く耳まで赤くなっていて私は、あまりの可愛さにその顔を覗き込もうとするのですが、ウィリアム様は腕で顔を隠してしまいます。

いつも私が真っ赤になっても構わず愛の言葉を囁いて下さるのに、今日は恥ずかしいみたいです。

「君は気づいている様子がなかったから、黙っていたのに、どこで知ったんだ？」

「ルネ様のお茶会です。お花関係のことに詳しいご夫人がいて、教えていただいたのです。……とても嬉しいです、ウィリアム様」

私は、日傘を少しだけ傾けてウィリアム様の腕に頬を寄せます。ウィリアム様は、照れているのか、ちょっとしかめ面です。そんなお顔も格好良くて好きです。

「……それに、セドリックともゆっくりと話すことができました」

私の言葉にウィリアム様が足を止めます。自然と私の足も止まりました。

ウィリアム様の瞳の色と同じ青い海を見つめながら、私は言葉を続けます。

「いつまでも私が護ってあげなければ、と思っていたのです。でも……いつの間にかあの子は成長していて、とても頼りになるのですよ。……実は、指輪を盗まれた翌日に来たお客様に、ウィリアム様が不在なのは、不仲だからではないかと疑われ」

「どこの誰だ？　そんな不躾なことを宣うのは」

最後まで言い切る前にウィリアム様が尋ねてきます。

「大丈夫ですよ、セドリックが毅然と対応してくれたんです。ウィリアム様は僕の姉を世界で一番大切にしてくれる人です。僕が保証しますって」

「あのセディが？　本当に？」

「はい。私も驚きました。いつも私の後ろに隠れている子でしたから、とても大人びていて、本当に驚いたのですよ。でも思い返してみればクリスティーナに勝負を挑まれた時も、あの子は私の体を心配して、クリスティーナと私の間に入って、あの小さな体で私を守ろうとしてくれました」

でも、きっと小さな体だと言っていられるのだって残り僅かな時間なのだと気づかされました。

一年前に侯爵家に来た頃のあの子は、両親の愚行によって深く傷つき、私に抱き着いて離れないような子でした。体も細く、平均より背も低かったのです。

ですが、今はぐんぐんと成長していて、背もぐっと伸びて、体つきも大分しっかりしてきました。

「それもこれもウィリアム様のおかげです」

「そんなことはないだろう」

「いえ、あるのです。だって、あの子が言ったのです。将来、あの子が背負う家の評判のことを心配する私に『本当に大事なのは僕がどうあるのかってこと』だと」

ウィリアム様がぱちりと瞬きを一つ落としました。

「ウィリアム様を……義兄様を見て学んだのだと言っていました。両親のような人にはなりたくない。義兄様のように大事な人を守れる人になりたい、と」

思い出して少しだけ目頭が熱くなってしまったのを誤魔化すように、私は笑います。

「それでいつか、あの伯爵家を侯爵家に負けないくらい、明るくて真っ当で優しい家にするのだと言っていました」

「……そうか、セディがそんなことを」

ウィリアム様の声は感慨に溢れていました。

「私もあの子にとって、私がどうあるべきか考えたのです。……あの子が、誇れる姉でいようと思いました。何を言われても、どう思われても胸を張って、笑っていよう、と」

私たちの視線の先で、セドリックは海を指差して、隣に立つガウェイン様に何かを尋ねているようでした。その横顔は、生き生きと輝いています。

「きっと、私の可愛いセディでいてくれる時間は、とても短いのでしょうね……。だから私、目一杯、甘やかすことにしました」

私の宣言に目を丸くしたウィリアム様は、すぐにゆるりと細めて声を上げて笑いました。

「ははっ、君らしい決断だね」

「もう、私本気ですよ。可愛いので、甘やかしちゃうのです」

頰を膨らませた私にウィリアム様が「ごめんごめん」と謝りますが、やっぱりまだ笑っています。

「なら、私も甘やかそうかな」

「だめです。甘やかすのは私のお仕事です」

「ずるいぞ、リリアーナ。私だって甘やかしたい」

「ウィリアム様には、ヒューゴ様がいらっしゃいますよ」

「待て、リリアーナ。ヒューゴを甘やかしてみろ、今にサメに挑み始めるぞ」

真顔になったウィリアム様に私もつられて真顔になってしまいます。

なんとなくヒューゴ様を見れば、今日は大人しく海を見ています。この近海にサメがいるのかどうかは知りませんが、どうか彼の視界にサメが映りませんようにと心の片隅で祈ります。

「……子どもの成長は早いな」

弟たちを見つめたまま、ウィリアム様が零します。私もセドリックを目で追いながら「はい」と頷きます。

「私たちも見習わなければ」

「そうですね。セドリックのように強く……まあ」

「お兄様ー！　見て見て、なんかすごいの捕まえた！」

とても良い笑顔でヒューゴ様が随分とぐにょんとした赤褐色の何かを両手で摑んで掲げています。夏の日差しを受けて謎の物体は、テラテラと光っています。

「ヒューゴ！　危ないよ、毒があったらどうするの⁉」

セドリックがヒューゴ様の横でおろおろしています。

「フレデリック、どうにかしてくれ」

いつの間にやら傍に来ていたフレデリックさんが、私たちにグラスを差し出しながら答えます。

「実の兄である旦那様が躾に当たるべきです。……奥様、水分補給を」

「ありがとうございます。……でもウィリアム様、毒があったら大変ですよ」

お水をひと口飲んで、ウィリアム様を見上げます。

「大丈夫だ、リリアーナ。マリオやジュリアが止めないということは、あれはおそらく毒性のないナマコだ」

「ナマコ？」

「ああ。海の中の生物の一種だな。食用としている国もあるらしい。だが、うちの国では食べない」

「そうなのですね」

やっぱりウィリアム様は、博識です。

「さて、あれをどうやって捨てさせるかだな」

ヒューゴ様は、ナマコが気に入ったのか、連れて帰ると駄々をこねています。

「お任せ下さい、ウィリアム様。……ヒューゴ様、セディ、そろそろお土産を選びに大通りに行きますよ」

私の声に二人がぱっと顔を上げます。セドリックが「本当？」と駆け寄って来る向こうで、一瞬、逡巡した後、ヒューゴ様はナマコを海に放り投げて、後を追いかけて来ます。

私は、フレデリックさんにグラスを返して、転ばないようにと二人に声を掛けます。

ですが、途中でマリオ様に捕まったヒューゴ様は、ナマコを掴んだ手を洗うようにと注意されていました。

「君はすごいな。あのヒューゴがナマコを諦めた」

「ふふっ、私もヒューゴ様のお義姉様ですから」

「ははっ、それはそうだ」

笑うウィリアム様にセドリックが抱き着きます。

「義兄様、姉様、どこ行くの？　僕、苗を見たいです」

「そうだな。じゃあ最初は、苗や種を取り扱っているお店に行こうか」

「お兄様、オレの船の模型は？」

「昼ご飯を挟んでその後に行こう」

「やったぁ！　楽しみだな、セドリック」

「うん！」

弟たちがはしゃぐ姿に私たちは笑みを零します。

不意にヒューゴ様が「お義姉様」と私を呼びます。

「はい、どうしました？」

「どこを絵にしてもらうか決めたのですか？　明日帰っちゃうのに」

「でも、ヒューゴ。レベッカさん、多分別荘でまだ寝てるよ？」

ウィリアム様に抱き上げられたセドリックが言います。

「大丈夫、絵は頼んでおいて、仕上がったら連絡を貰って、使用人の誰かに引き取りを頼む予定だからね」

「ええ。それにここへ来るまでの馬車の中で、絵にしてもらう場所は決めたのですよ」

「どこ？　どこにするの？」

「着いた日に別荘のバルコニーから見た景色です。眼下に町が見えて、そして、遠くに見えた海が本当に綺麗で、知らない国に来たみたいに胸がドキドキしたので、そこにしたのです」

「そうなんですね、お義姉様！　完成が楽しみですね！」

「はい。本当に楽しみです」

私がヒューゴ様の髪を撫でると、ヒューゴ様はくすぐったそうに笑います。

「おーい、馬車の用意ができたぞ！」

マリオ様の声に私たちは返事をして歩き出します。

ヒューゴ様が駆け出して、ウィリアム様に下ろしてもらったセドリックが、楽しそうに追いかけます。

私とウィリアム様はゆったりと馬車に向かいます。

「ウィリアム様、またいつか、今度はゆっくりと旅行ができるといいですね」

「ああ、絶対にリベンジする」

私の言葉にウィリアム様がぐっと拳を握り締めます。

「向こう一年、いや二年……五年は無理かもしれない……いや、だが近場！　近場ならもっと気軽に行けるからな、リリアーナ」

「はい。でも無理はなさらないで下さいね。私は、退職後の船旅でも楽しみに待てますから。ああ、でも……」

「でも？」

「スプリングフィールド侯爵家の領地には是非、一度、行ってみたいです。お義母様がとても素敵なところだと教えて下さったのですよ」

そう告げた私にウィリアム様は、嬉しそうに笑ってこう言いました。

「とてもいい場所だ。いつか必ず、一緒に行こう。約束だ」

また一つ、重ねられた約束に私は「はい」と笑顔と共に頷きます。

「だが……本当に忙しい新婚旅行だった」

ウィリアム様が再び項垂れます。

「キスだって満足にできない新婚旅行があっていいのか？　いや、いいわけないだろ」

ずーんと落ち込むウィリアム様に私は、弟たちの様子を窺います。

二人は既に馬車に乗り込んでいて、ジュリア様が乗り込み、マリオ様がドアを閉めています。フレデリックさんも馬車の中を確認しているようで、こちらは見ていません。後ろには、青い海が広がっているだけです。

私は「ウィリアム様、足元に何かが」と声を掛けて足を止めます。

「ん？　またヤドカリか？」

ウィリアム様が足を止め、足元を見るために屈みました。

私は日傘を前に倒して、目隠しにして、その唇にキスを贈りました。

ちゅっと触れるだけのキスをして、すぐに日傘を戻します。驚きに固まるウィリアム様に火照る頬を片手で押さえながら微笑みかけます。

「私だって……ウィリアム様とキスくらいはゆっくりしたかったのですよ」

ウィリアム様の顔がみるみる赤くなっていきます。それを隠すようにウィリアム様は両手で顔を覆って、項垂れてしまいました。

「お兄様、お義姉様、早くー！」

「は、はーい。ほら、行きましょう、ウィリアム様」

固まるウィリアム様を置いて、私は歩き出します。

数拍遅れて、ウィリアム様が我を取り戻します。

「リ、リリアーナ！　もう一回！　もう一回！」

「も、もう一回はありません！　私が日傘を下ろすとエルサに怒られますよ……！」

真っ赤な顔を隠すべく、私は急いで馬車へ向かったのでした。

こうして、なんとも慌ただしかった新婚旅行は、ようやくお土産選びという段階に入り、あれこれたくさんお土産を買い求め、翌日、私たちは港町ソレイユに別れを告げました。

王都に帰った私たちを待っていたのは「ガウェインがセドリックと一緒に旅行に行ったんだって⁉　僕だって我慢したのに！」と盛大に拗ねるアルフォンス様なのですが、今はまだ私たちはそのことを誰も知らないのでした。

おわり

あとがき

お久しぶりです、春志乃です。

この度は『記憶喪失の侯爵様に溺愛されています　これは偽りの幸福ですか？』五巻をお手に取っていただき、心より御礼申し上げます！

五巻は四巻に続いて書き下ろし。

さて、どうしようかなと悩んで「そうだ！　新婚旅行へ行こう！」と思いつきました。

ウィリアムは、小さい頃は両親に連れられて、学生時代は親友たちと、騎士になってからは仕事であちこち出かけていましたが、リリアーナにとっては、初めて王都以外へのお出かけです。

旅行の仕度の楽しさや高揚感、未知の物への不安と期待。出発直前の忘れ物への懸念。

そして、現地での興奮と感動。

そういうものを、これまでお屋敷の中のことしか知らないリリアーナに体験してほしいな、という思いもあり、港町へとやって来ました。

まあ、これがなかなか計画通りにはいかない新婚旅行だったのですが。

ウィリアムは、いつか絶対にリベンジして、イチャイチャするんだと息巻いています。

黒い蠍の彼は、また波乱と謎を残していきました。彼は一体、何を知っているのでしょうね。

そして、王都に帰った侯爵夫妻は、アルフォンス殿下のご機嫌をどうやって上向きに修正したのか、作者も気になるところです（笑）。

今回のお話は、殿下の出番も少なかったので、次回があれば活躍してもらいたいですね！

さて、最後になりましたが本作を出版するにあたり、担当様や引き続きイラストを担当して下さった一花夜先生を始めとして関わっていただいた全ての皆様、こうしてシリーズを追いかけ続けてお手に取って下さった皆様、WEB掲載時から応援し続けて下さる皆様、支えてくれた家族、友人たちに心から感謝いたします。

またお会いできる日を心待ちにしております。

春志乃

■ご意見、ご感想をお寄せください。
《ファンレターの宛先》
〒102-8177 東京都千代田区富士見2-13-3
株式会社KADOKAWA ビーズログ文庫編集部
春志乃 先生・一花夜 先生

●お問い合わせ
https://www.kadokawa.co.jp/（「お問い合わせ」へお進みください）
※内容によっては、お答えできない場合があります。
※サポートは日本国内のみとさせていただきます。
※Japanese text only

記憶喪失の侯爵様に溺愛されています 5

これは偽りの幸福ですか？

春志乃

2022年7月15日 初版発行

発行者 青柳昌行
発行 株式会社 KADOKAWA
〒102-8177 東京都千代田区富士見2-13-3
（ナビダイヤル）0570-002-301
デザイン 永野友紀子
印刷所 凸版印刷株式会社
製本所 凸版印刷株式会社

ISBN978-4-04-737102-6 C0193

定価はカバーに表示してあります。

◇◇◇

記憶喪失の侯爵様に
溺愛されています
これは偽りの幸福ですか？
FLOS COMICにて
コミカライズ連載中！
リリアーナ！
コミックでも
君を見ていいか
漫画 ここあ
原作／春志乃
キャラクター原案／一花 夜
ComicWalker内
フロースコミック
公式サイトはこちら